Schulhumor

aus fünf Jahrzehnten

gesammelt und vorgestellt von

Eugen Schlönvogt

Lehrer i. R.

mediartist
Wilsdruff

Das vorliegende Buch bietet eine Sammlung von Schulhumor aus vergangenen Jahrzehnten. Bei Verwendung von Originaldokumenten wurden orthografische Fehler bewusst beibehalten.

Hinweise und Ergänzungen sind willkommen.

Umschlaggestaltung: Heike Winkler, Liebethal

Repros, Satz und Layout: mediartist M. Schlönvogt

Kinderzeichnungen: Judith Friebel und Linda Däßler

Druck: Druckerei Wagner, Siebenlehn

2. Auflage 2005

Bestellmöglichkeit unter www.mediartist.de

Verlagsnummer: 3-938390

ISBN-Nummer: ISBN 3-938390-01-8

3-938390-01-8

Inhaltsverzeichnis

„Sammeln Sie Stilblüten, junger Kollege !“

Wie aus einer Empfehlung meines ersten Schulleiters ein Hobby auf Lebenszeit wurde

Als blutjunger Schulamtsbewerber in Limbach (Kreis Meißen) erhielt ich von meinem ersten Schuldirektor und zugleich auch pädagogischen Mentor, Herrn Heinz Thallwitz, neben vielen äußerst wertvollen pädagogischen Tipps den Rat: „Junger Kollege, notieren Sie sich alle heiteren Begebenheiten aus Ihrem Unterricht. Sammeln Sie alle unabsichtlich komischen Stilblüten aus Schüleraufsätzen und unfreiwillig humorvollen Entschuldigungs- oder Mitteilungsschreiben von Schülereltern. Sie schaffen sich damit eine außergewöhnliche und originelle Sammlung heiterer Erinnerungen aus Ihrem Berufsleben. Im Gedächtnis können Sie nämlich das alles beim besten Willen nicht speichern !“

Ich beherzigte diesen Ratschlag, der sich für mich zu einem jahrzehntelangen freudvollen Hobby ausweitete und zu einer mittlerweile recht umfangreichen Sammlung von Schulhumor geführt hat.

Viele Lehrerkollegen aus der Meißner und Freitaler Region, die um dieses mein Hobby wussten, haben mir freundlicherweise vielfältiges „humoriges Material“ aus ihrer Unterrichtspraxis zur Verfügung gestellt und so mein Sammelsurium wesentlich erweitert.

Jenen Pädagogen möchte ich an dieser Stelle für ihr „Beigesteuertes“ ein großes herzliches Dankeschön aussprechen. Sie alle hier namentlich aufzuzählen und dabei keinen zu vergessen, würde mir aufgrund ihrer Vielzahl wohl nicht gelingen. Deshalb kann der Dank an meine „Humorspender“ lediglich en bloc ergehen.

Nachdem ich nun mittlerweile in all den Jahren bei ungezählten Klassentreffen, geselligen Seniorenveranstaltungen sowie in Freundes- und

Bekanntenkreisen aus meiner Humorsammlung vorgetragen und dabei sowohl gefälliges Schmunzeln wie auch herzhaftes Lachen ausgelöst habe, animierten mich sehr viele Zuhörer, meine Kollektion in gedruckter Form erscheinen zu lassen.

Bei der Lektüre mag es nun durchaus vorkommen, dass man hier und da auf Schulhumor stößt, den man so oder ganz ähnlich schon mal irgendwo gelesen hat. Das wäre nicht verwunderlich, denn verschiedene Beiträge aus meiner Sammlung müssen wohl bei einigen Zuhörern so gut „angekommen" sein, dass sie sie als „Leserwitz" oder „Kindermund" an Tageszeitungen, Zeitschriften und - im letzten Jahrzehnt häufig für „Humorecken" in Werbezeitschriften - eingesandt haben. Mich hat es jedenfalls gefreut, diesem oder jenem meiner Sammelobjekte auf solche Weise wiederzubegegnen und es bereits gedruckt zu sehen...

Es heißt ja im Allgemeinen, dass es nicht opportun sei, „aus der Schule zu plaudern". Ich habe es trotzdem getan, in der Hoffnung und mit dem Wunsch, dass diese meine humorigen Aufzeichnungen dem Leser einiges Vergnügen bereiten und eigene heitere Erinnerungen aus der Schulzeit wachrufen werden.

N.B. Alle in dieser Humorsammlung vorkommenden Namen von Lehrerinnen und Lehrern sind frei erfunden. „Insider" werden trotzdem herausfinden, um welche Lehrkräfte es sich im Einzelnen handelt.

Eugen Schlönvogt, im Mai 2004

„Frau Schmidt, ich muß mal kacken !“

Spaßiges aus der Unterstufe

Schülermund

Im Verlauf meines Berufslebens habe ich an sehr vielen Schuleinführungsfeiern teilgenommen, obwohl ich als Mittelstufenlehrer nicht direkt dazu verpflichtet war. Aber die Atmosphäre dieser Veranstaltungen hat mich immer wieder auf eine besondere Art fasziniert.

Die Schuleinführungsfeier im September 1964 ist mir ganz besonders im Gedächtnis verhaftet. Es war der Zeitpunkt, an dem der 10-jährige Schulbesuch in der DDR zur Pflicht wurde. Die Aufnahme fand in jenem Jahr im Saal des „Weißen Adlers“ statt. Ich saß zusammen mit einigen Unterstufenlehrern direkt hinter der Reihe der einzuschulenden Kinder. Während der Veranstaltung hörte ich, wie ein Junge in der Reihe vor mir zu einem neben ihm sitzenden Jungen leise - aber für mich vernehmlich - sagte: „Jetzt gibts bald die Zuckertüten !“ Der Angesprochene erwiderte: „Ich nehm die Zuckertüte nich... !“
„Warum nich ??“
„Nee, ich nehm se nich, weil mein großer Bruder heute früh zu mir gesagt hat:
Wennsde die Zuckertüte nimmst, musste dann zehn Jahre in die Schule gehn.“

*

Erster Unterrichtstag bei den ABC-Schützen. Mitten in der zweiten Stunde sieht die Lehrerin, dass ein Junge unvermittelt alle seine Schulsachen in seinen Ranzen packt und aufsteht. Sie fragt: „Bernd, was soll denn das ?“ Der Sechsjährige antwortet im schönsten Sächsisch: „Mir gefällts hier nich so richtsch. Ich geh heem.“

*

Eine Erstklässlerin kommt vor dem Unterricht zur Lehrerin und berichtet: „Meine Mutti is heute früh ins Krankenhaus. Die kriegt was Kleines...“ - „Aha, und sag mal, möchtest du lieber ein Brüderchen oder ein Schwesterchen?“ - „Lieber ein Brüderchen, aber am liebsten eine kleine schwarze Katze.“

*

Am zweiten Unterrichtstag nach der Einschulung kommt ein Mädchen nach Unterrichtsschluss zur Klassenlehrerin und hält ihr ein klebriges Bonbon hin mit den Worten:

„Ich schenke dir einen Himbeerbonbon.“

„Dankeschön, das ist sehr nett von dir. Aber du musst SIE zu mir sagen !“

Prompt reagiert die Erstklässlerin: „Also ich schenke SIE einen Himbeerbonbon.“

„Jetzt heißt es IHNEN“, belehrt die Pädagogin.

Sofort korrigiert sich das Mädchen: „Der Bonbon ist für IHNEN !“

„SIE !!! Nach „für“ muss es richtig „SIE“ heißen ! - Also für SIE !“

Daraufhin fragt die Kleine völlig verunsichert: „Soll ich nun SIE oder IHNEN zu dir sagen ?“

*

In der 3. Klasse im Fach Heimatkunde behandelt die Unterstufenlehrerin Frau Heigner laut Lehrplan das Thema UNSERE NATIONALE VOLKSARMEE. Auf ihre einleitende Frage, warum wohl die DDR-Armee *Volksarmee* heißt, antwortet ein Junge: „Weil man bei der Armee folgen muß."

*

Im Rahmen der „Winterferienaktion 1976" war ich unter anderem beauftragt worden, an einem bitterkalten Vormittag Schüler der ersten Klasse im geheizten Hortzimmer mit allerlei Spielen zu beschäftigen. Ich hatte mein Akkordeon mitgenommen und zwischen den Zimmerspielen sangen wir gemeinsam bekannte Kinderlieder sowie Märchen- und Scherzlieder.

Ein Junge, der mein Akkordeon sehr interessiert betrachtete, fragte mich unvermittelt zwischen zwei Liedern: „Warum gibt es auf der Harmonika weiße und schwarze Tasten ?"

Tja, wie sollte ich diese Frage einem Erstklässler verständlich beantworten ? Ich konnte ihm doch schließlich nicht etwas über ganze und halbe Töne erzählen... Da erinnerte ich mich blitzschnell an einen bewährten Ratschlag eines erfahrenen älteren Pädagogen aus meiner Berufsanfängerzeit: Wenn man auf eine Schülerfrage nicht sofort antworten kann und Zeit zum Überlegen braucht, gibt man der Klasse den Auftrag, nachzudenken, wie die Antwort wohl lauten könnte...

So hatte ich erst einmal etwas Zeit gewonnen, aber trotz Nachdenkens keine kindgemäße Erklärung gefunden. Aber ich hatte Glück... Ein gewitzter Junge erlöste mich aus meinem Dilemma. Er meinte: „Ich denke, das ist so: Die weißen Tasten sind für die fröhlichen Lieder und die schwarzen Tasten für die traurigen Lieder."

„Ich staune", sagte ich zu ihm, „was du herausgefunden hast. Und jetzt singen wir alle das lustige Lied von den drei Chinesen mit dem Kontrabass, und ihr werdet sehen, dass ich nur auf die weißen Tasten drücke."

Zu einer Lehrerstudentin, die ihr Praktikum im Jahre 1987 in der Unterstufe einer Schule in Großenhain absolvierte, kam eines Tages nach dem Unterricht in einer 2. Klasse eine Schülerin und fragte: „Sind Sie Jungfrau?“

Die Lehramtsanwärterin entgegnete leicht schockiert: „Warum willst du das denn wissen ?“

„Na ja“, meinte das Mädchen, „meine Mutti ist nämlich auch Jungfrau, und da hat sie auch so ein Silberkettchen mit Anhänger dran wie Sie, und da ist genau dasselbe Sternbild drauf.“

*

In meinem vorletzten Dienstjahr hatte ich einmal eine Vertretungsstunde in einer fünften Klasse. Ein Junge, dessen Großmutter ich im Jahre 1951 in einer achten Klasse unterrichtet hatte, war die ganze Zeit über sehr unaufmerksam. Ich sagte zu ihm: „Du bist doch der Benny H., stimmt´s ?“

„Ja“, antwortete er.

„Warum passt du denn überhaupt nicht auf ?? - Deine Oma war als Schülerin nicht so verspielt und verträumt wie du.“

„Na ja“, entgegnete er, „ich bin ja auch nicht meine Oma !“

*

Als junger Lehrer wurde ich einmal von meinem Wilsdruffer Schulleiter beauftragt, am nächsten Tag eine Vertretungsstunde in der 1. Klasse im Fach Zeichnen zu halten. Es sollte von den Erstklässlern ein PKW gezeichnet werden. Da ich aber von Haus aus ein miserabler Zeichner bin und aus dem Stegreif nicht einmal ein Auto halbwegs malen kann, bereitete ich mich daheim auf diese Vertretungsstunde vor, indem ich nach einer Bilderbuchvorlage das

Zeichnen dieses Fahrzeugs so lange übte, bis mir eines ganz passabel gelang.

Ohne von der Methodik des Zeichenunterrichtes in der Unterstufe die geringste Ahnung zu haben, begann ich die Vertretungsstunde am nächsten Tag mit der Aufforderung: „Nun ratet einmal, was ich jetzt an die Wandtafel zeichnen werde !"

Ich merkte bald, dass sich mein Vorhaben viel schwerer als gedacht gestaltete, da der PKW an der Wandtafel zwangsläufig ganz andere Dimensionen aufweisen musste, als meine häuslichen Malversuche auf einem Bogen Papier. Ich mühte mich redlich ab, wobei ich sehr oft den Schwamm zu Hilfe nahm.

In der Klasse herrschte gespannte Erwartung Wie freute ich mich, als mein Automobil - wenn auch in der Länge etwas zu kurz geraten - fertig war und auf meine Frage, was die Zeichnung wohl darstellte, ein Junge spontan rief: „Das ist ein Auto !"

Daraufhin zeigte der kleine Günter D. dem Jungen einen Vogel und meinte. „Du bist ja bleede. Das is doch keen Auto. - Das is ä Polizeiflitzer !"

Ich sagte zur Klasse: „Jawohl, der Günter hat Recht. Und jetzt zeichnen alle Kinder einen Polizeiflitzer !"

*

Christoph L., der mit meiner ältesten Enkeltochter Rebekka in einer Klasse war, kannte sehr bald die ersten zehn Seiten seiner Fibel auswendig. Einmal erzählte er meiner Tochter ganz stolz: „Bei uns in der Klasse gibts noch`n paar Kinder, die müssen erst noch das Lesebuch aufschlagen, wenn sie lesen sollen. - Ich kann schon lange ohne Lesebuch lesen !"

*

Eine ehemalige Schülerin von mir, die Lehrerin geworden war, erzählte mir eine heitere Begebenheit aus ihren ersten Berufsjahren: Eines Tages hospitierte die Schulleiterin bei ihr im Deutschunterricht in der 5. Klasse. Stundenthema war: Mündlicher und schriftlicher Ausdruck - Beschreiben von Tätigkeiten der Schüler nach dem Abendbrot bis zum Schlafengehen. Zunächst sollten die Schüler zwei bis drei Sätze mündlich formulieren, stets beginnend mit „Ich..."

Die Schüler machten gut mit.

Schüler A: Ich höre Kassetten. Ich sehe fern.

Schülerin B: Ich packe meine Schultasche. Ich spiele mit Oma Karten. Ich lese ein Buch.

Schüler C: Ich putze meine Zähne. Ich wasche mich.

Dann meldet sich der Dieter: Ich geh scheißen...

Die Klasse lacht. Die Lehrerin bekommt einen roten Kopf. Sie rügt ihn: Das kann man auch anders sagen ! - Und wie lautet dein zweiter Satz?

Dieter: Ich lese die TROMMEL.

(Zwischenerklärung: Die Trommel war eine wöchentlich erscheinende Zeitung der sozialistischen Kinderorganisation „Junge Pioniere" in der DDR.)

Lehrerin: Das ist lobenswert ! - Aber was in diesem Zusammenhang noch interessiert: Liest du an einem Abend die ganze Zeitung von der ersten Seite bis zur letzten ?

Dieter: Nee, bloß bis ich fertig bin mit Scheißen...

Die Erstklässler aus dem Wilsdruffer Nachbarort Sachsdorf hatten während der Herbstferien ihren ersten Wandertag. Sie durchstreiften das heimatliche Saubachtal. Plötzlich kam der kleine Ludwig B. zur Lehrerin und sagte: „Frau Schmidt, ich muß mal kacken !“

Die Pädagogin stoppte die Wanderung, führte Ludwig B. hinter ein Gebüsch und kehrte zur wartenden Klasse zurück. Nach einer geraumen Weile rief sie: „Ludwig, bist du bald fertig ?“

Als Antwort erscholl vom Gebüsch her: „Ich bin glei fertsch ! - Sie könn‘n daweile schonn e bissel Gras oder paar Blätter abruppen...“

*

Was ich über den Hammer weiß
[Stilblütencollage]

Auszüge aus Kurzaufsätzen im Fach Heimatkunde, 3. Schuljahr (1950)

Der Hammer ist ein Werkzeug mit dem man pochen kann. Wenn man mit dem Hammer Nägel einpocht muß man aufpassen sonst haut man sich auf die Finger und das tut elende weh.

Der Hammer liegt bei uns im Werkzeugkasten aber manchmal liegt er auch woanders rum und is nicht zu finden. Dann schimpft der Vater was das für eine Ordnung ist bei uns zu Hause und die Mutter muß mit suchen gehn.

Der Hammer ist an dem einen Ende aus Eisen. An dem Eisenstück ist ein Knittel aus Holz dran. Der Knittel ist manchmal bloß locker dran und wenn man dann so einen Hammer anfaßt und zum Pochen ausholt dann kann das Eisenstück wegfliegen. Und dann fliegt es einem an den Kopf oder woanders hin und das kann dann ein Unfall werden.

Wenn man ein Nagel wo reinschlagen will und man ist zittrig oder kann nicht mehr gut sehen so wie mein Opa dann haut man daneben oder der Hammer fliegt einem aus der Hand auf den Fußboden oder an die Wand oder auf die Möbel oder auf einen anderen Menschen.

Manche Ärzte haben auch ein Hammer aber nicht so einen zum Nägel reinschlagen. Mit dem tun sie einem auf das Knie pochen und dann gucken sie ob das Bein hochzuckt.

Mein Vater hat zwei Hammer. Einen kleinen und einen großen. Unser Nachbar hat aber einen noch viel größeren als mein Vater. So ein großer und schwerer Hammer heißt Bello.

Ich brauch einen Hammer nich sehr viel. Nur wenn ich wieder mal mein Sparschwein zerpochen will. Mehr weiß ich nich über den Hammer.

Bildung und Erziehung in der Unterstufe verlangen zweifellos ein hohes Maß an pädagogischem und psychologischem Wissen und Können sowie ein ganz besonderes Geschick im Umgang mit Sechs- bis Neunjährigen. Als Mittelstufenlehrer gilt deshalb meine Hochachtung allen denjenigen Unterstufenlehrern, die mit vollem Engagement und mit viel Liebe zu den Kindern ihren Lehrauftrag wahrnehmen.

In diesem Zusammenhang stimme ich voll und ganz dem Ausspruch des deutschen Philosophen, Mathematikus und Universalgelehrten Gottfried Wilhelm von Leibniz (1646 - 1716) zu, der da lautet:

„Wer seine Schüler das ABC lehrt, hat eine größere Tat vollbracht als ein Feldherr, der eine Schlacht gewonnen hat."

„Was ich über das Pferd weiß“

(Auszüge aus Kurzaufsätzen, Heimatkunde, 4. Schuljahr)

Das Pferd ist ein Haustier so wie der Hund und die Katze. Man kann es aber nicht im Haus halten, sondern nur im Stall.

*

Das Pferd sieht so aus wie ein großer Esel aber es ist kein Esel sondern ein Pferd.

*

Das Pferd hat 4 Beine. An jedem Bein ist unten ein Hufeisen angebracht, damit sich das Pferd die Sohlen nicht so schnell ablatscht und weil das Hufeisen Glück bringt.

*

Der Schwanz vom Pferd heißt Schweif weil er nur aus Haaren ist und ziemlich lang ist. Und er muß auch so lang sein damit das Pferd damit die Fliegen und Mücken und anderes Viehzeug von seinem Hinterteil wegjagen kann.

*

Es gibt viele Arten von Pferden, zum Beispiel die Schimmeln, die Braunen, die Rabben, die gescheckten, die geschipperten und noch andere.

*

Bei den Pferden gibt es Vollbluter und Kaltbluter.

... Das Pferd ist meistens ein Arbeitstier. Aber ein Pferd arbeitet nicht von alleine. Es muß erst immer vom Menschen zur Arbeit angetrieben werden. Das ist so wie bei meinem großen Bruder Helmut wenn der was zu Hause machen soll und keine Lust dazu hat. Bloß das ihn dann der Vater und die Mutter nich wie bei einem Pferd mit der Peitsche zum Helfen antreibt sondern mit Ausschimpfen.

✶

... Manche Pferde brauchen das ganze Leben nicht arbeiten. Die sind bloß dazu da das sich die Menschen an ihnen vergnügen zum Beispiel zum Reiten oder zur Vorstellung im Zirkus oder zum Geldverdienen beim Pferderennen.

✶

... Das beste Pferdeleben haben die Araber. Das sind sehr teure Rassepferde. Die brauchen überhaupt nichts tun bloß immer für guten Nachwuchs sorgen.

✶

... Es gibt auch wilde Pferde. Die heißen Zebras. Die kann man nur in Afrika sehen oder im Zoo. Die Zebras sehen von allen Pferden am lustigsten aus weil man denken könnte da hat jemand aus Spaß auf weiße Pferde schwarze Streifen draufgemalt.

✶

... Die Pferde fressen am liebsten Hafer der dann als Pferdeäpfel wieder aus den Pferden rauskommt. Die fressen dann die Spatzen.

✶

... Das männliche Pferd heißt Hengst, das frauliche Pferd heißt Stute und die Kinder heißen Fohlen.

... Wo wir in Heimatkunde bei einem Tierarzt waren haben wir gefragt, ob es mehr Hängste oder mehr Stuten gibt. Da hat er gesagt, daß es viel mehr Stuten gibt weil manche Pferdebesitzer ihre jungen Hängste kassieren lassen. Aber das sind dann keine Hängste mehr sondern Walachen. Als wir dann gefragt haben was ein Walache ist da hat der Tierarzt gelacht und gesagt, daß ein Walache nicht mehr Vater von einem Fohlen sein kann sondern bloß noch so was wie ein Onkel.

„Müssen wir schon wieder einen Aufsatz schreiben ?“

Vergnügliche Stilblüten aus Schüleraufsätzen der Mittelstufe

Verschiedene Themen

Die Aale und viele andere Fische vermehren sich dadurch, daß sie ihre Leichen ins Wasser reinlegen. Nach einiger Zeit kommen dann aus den Leichen die Jungen herausgekrochen.

*

Das Allerschönste an den Ferien ist, daß ich früh immer erst spät aufstehe.

*

Ich habe zwei Onkels und zwei Tanten, weil mein Vater zwei Brüder und zwei Schwestern hat. Meine Mutter hat keine Geschwister, weil sie aus einer kinderlosen Familie stammt.

*

Am Morgen hat Goethe die Friederike von Sensenheim kennengelernt und am Abend hat er sie schon verdichtet.

*

...Wenn wir dann den Frosch außerdem noch in Hinblick auf seinen Schwanz betrachten, stellen wir fest, daß er gar keinen hat.

*

Am Sonntagvormittag fuhren meine Eltern und ich mit dem Bus nach Dresden. Zuerst gingen wir in das Verkehrsmuseum, weil sich mein Vater für den Verkehr jetzt und von früher sehr interessiert. Am Nachmittag gingen wir in den Zoo und besuchten unsere Verwandten.

*

Als der sächsische General eingesehen hatte, daß er die Schlacht verloren hatte, ritt er auf die feindliche Frontlinie zu und übergab sich.

*

Von den deutschen Dichtern, die vor dem 8. Jahrhundert gelebt hatten, wissen wir nicht viel, weil keiner von ihnen uns bis in die heutige Zeit erhalten geblieben ist.

*

Bei der Menschwerdung des Affen wurden im Laufe von Millionen Jahren einige Körperteile größer oder länger (z. B. die Nase und der Hals) und andere Körperteile dafür kürzer oder verschwanden ganz (z. B. die Arme, das Fell und der Schwanz).

*

Ich weiß noch nicht was ich mal werden will, aber auf keinen Fall so eine katholische Schwester, weil die immer nur so schwarze Sachen anziehen muß und weil sie wenn die in ein Kloster eintretet, kann sie nicht mehr austreten.

*

DRK-Prüfungsfrage 10. Klasse, 1983

Was tut man, wenn jemand einen Hitzschlag erlitten hat ?

„Man legt ihn in den Schatten und macht ihn kalt."

Nacherzählung eines Gedichtes, 7. Klasse, 1948/49

Das Gewitter von Gustav Schwab war sehr gefährlich. Es kamen dabei 4 Menschen ums Leben.

✶

Schriftliche Leistungskontrolle in Geschichte, 7. Klasse, 1991

Ich schätze August den Starken als Persönlichkeit mehr negativ als positiv ein, denn als Persönlichkeit hat er sich kaum gewaschen, und als Persönlichkeit würde ich auch nicht mit anderen Frauen fremdgehen, aber er hat das Taschenberg - Palai bauen lassen und viele andere schöne Gebäude.

✶

Aus Kurzaufsätzen einer 5. Klasse, 1971

Wenn die Mutti große Wäsche hat, helfen meine ältere Schwester und ich ihr dabei. Wir legen sie in den großen Wäschekorb, dann tragen wir sie auf den Dachboden und hängen sie zum Trocknen auf.

✶

Ich werde jetzt immer gut aufpassen und fleißig lernen weil ich wenn ich groß bin als Volkspolizist tätlich sein will.

✶

Gestern in Biologie waren wir beim Tierarzt. Er hat uns sein Geschäft gezeigt. Dann durften wir sogar von weiten zusehen wie er einem Hund einen kranken Zahn gezogen hat. Dabei mußte seine Frau die Schnauze halten.

Mir gefallt ein Esel besser als wie ein Pferd. Er ist nicht so schick wie ein Pferd und hat auch nicht so eine schöne Figur, aber er hat dafür schöne lange Ohren und einen schönen langen Schwanz mit unten einem Büschel dran. Und das gefällt mir.

Mit der Klasse unterwegs

Gestern mußten wir wieder Wandertag machen und schon wieder in die Neudeckmühle.

✶

Vorige Woche zum Wandertag sind wir mit dem Bus nach Meißen gefahren und haben die Stadt besichtigt... In der Altstadt sind an manchen Stellen die Häuser so eng aneinander gebaut, daß man zwischen ihnen nicht hindurch gehen könnte, wenn keine Straßen da wären.

✶

Bei unserer Radwanderung durch den Tharandter Wald ist uns ein Unfall passiert und das kam so:

Auf der ziemlich schmalen Waldstraße zwischen Dorfhain und Kurort Hartha ist der Lutz der Annett so scharf von hinten hineingefahren, daß sie umgekippt ist. Sie hatte dadurch ein Loch im Kleid und Lutz sein vorderer Schlauch war auch hinüber.

✶

In Freiberg waren wir auch im Dom drin. Der Dom ist das Haus von Herrn Gott. Aber der Herr Gott war nicht zu Hause, bloß die Frau Gott war da und machte den großen Saal sauber.

✶

Am letzten Abend in der Jugendherberge in Altenberg konnten wir alle nicht einschlafen, weil draußen der Hund vom Jugendherbergsleiter in einem fort laut bellte und überhaupt nicht still wurde. Da ging unsere Lehrerin hinaus und stillte ihn. Sonst hätten wir nicht einschlafen können.

*

Bei unserer Radwanderung durch den Tharandter Wald ist unser Klassenlehrer mit seiner Frau auf einem Fahrrad mitgefahren. In Grillenburg machten sie uns dann einige Kunststückchen auf dem Tandem vor und zu unserer großen Freude ließen sie sogar einige fahren.

Unser Wandertag zur Neudeckmühle

(Stilblüten aus 25 Aufsätzen einer 6. Klasse)

Am Sonnabend hat unsere Klassenlehrerin gesagt: „Kinder, freut Euch ! Nächste Woche am Mittwoch ist Wandertag !“ Aber sie hat uns nicht gesagt wohin wir wandern müssen.

*

... So sehr gefreut haben wir uns aber nicht, weil wir immer nach jedem Wandertag einen Aufsatz schreiben müssen.

*

... Am Wandertag brauchten wir uns erst um halb 10 an der Schule zu treffen. Meine Mutter hat mir bloß 3 Leberwurstbemmen, 1 verschrumpelten Apfel und bloß 5 Mark mitgegeben.

*

... Zuerst hat uns die Lehrerin abgezählt und gesagt, daß sie uns jetzt als Überraschung verraten wird wohin wir wandern, nämlich in die Neudeckmühle. Einige Jungs haben gleich angefangen zu moben, weil wir schon als wir noch in der Unterstufe waren, schon vier mal in der Neudeckmühle Wandertag hatten, und das wird jetzt für uns schon langsam langweilig.

*

... Ich war auch ziemlich sauer, weil ich außerdem noch immer zu Pfingsten mit meinen Eltern in die Neudeckmühle latschen muß, weil mein Vater dort immer Frühschuppen machen will und weil er dabei so gern die Wilsdruffer Feuerwehr blasen hört.

*

... Als wir wegen der Neudeckmühle mobten, klärte uns unsere Lehrerin auf, daß es diesmal nicht bloß so eine einfache Wanderung ist, sondern eine besondere Wanderung, auf der wir eine Menge dazulernen werden. Da zogen die meisten Kinder gleich wieder eine schiefe Gusche.

*

...Dann hat die Lehrerin noch eine Belehrung darüber gemacht, wie gefährlich so ein Wandertag ist und was für schreckliche Unglücke dabei passieren können und dann machten wir um 10 Uhr los.

*

... Hinzu mußten wir durch den Fürstenbusch laufen. Dort fließt eine Bach, die heißt der Saubach.

*

...Dann mußten wir still zuhören, wie die Vögel zwitschern und singen und uns daran freuen.

... Aber keiner von uns wußte genau was das für Vögel sind. Die Lehrerin sagte, das ist auch egal. Hauptsache ist, daß man an den Gesang von den Vögeln Freude hat.

*

... Die Lehrerin sagte, wenn man ganz genau wissen will, wie die Singvögel alle heißen und wie man sie an ihrem Singen erkennt, dann muß man am besten immer Sonntags ganz früh zeitig mit dem alten Oberlehrer Luft so eine Vogelstimmenwanderung mitmachen, denn der weiß über alle Vögelarten so viel wie kein anderer in Sachsen, denn er hat sich sein ganzes Leben in seiner Freizeit fast nur mit Vögeln beschäftigt.

*

... Dann mußten wir die Bäume ankucken und raten was das für Bäume sind.

*

... Hinter Klipphausen wurde es immer heißer und die Sonne brannte uns ganz schön auf den Puckel und auf den Nüschel.

*

... Dann liefen wir auf einem Wiesenweg weiter. Dabei sollten wir ein fröhliches Pionierlied singen, aber bei der Affenhitze hatten wir keine Lust dazu.

*

... Dann liefen wir durch so einen Busch, wo auch eine kleine Bach fließt. Da haben wir uns gegenseitig immer heimlich reingeschuppst bis die Lehrerin uns ausgezankt hat.

*

... Weil dem Andreas, dem Jürgen, dem Bernd und mir das Gelaufe zu langsam war, sind wir schon heimlich vorneweg gerannt. Auf der Wiese an der Neudeckmühle rechnete Herr Poitz gerade Heu zusammen. Als er uns dann gesehen hat, hat er gerufen: „Heute ist Ruhetag !“ Aber als dann die ganze Klasse mit der Lehrerin angekommen ist, hat er uns doch noch auf die Waranda gelassen.

✶

...Weil unsere Lehrerin mit dem Gastwirt Herrn Poitz sehr gut bekannt ist, ließ er sich auch von ihr erweichen und brachte jedem von uns eine kalte Bockwurst, eine trockne altbackne Semmel und ein Glas rote Brause heraus, so eine wo viel Kohlsäure drin ist, was dann so komisch im Bauch krabbelt.

✶

... Dann bewunderten wir Poitzens ihren großen Hund und die kleinen Schafe und die niedlichen Esel und schaukelten auf der Schaukel und drehten uns gegenseitig auf dem Brettkarrussel herum.

✶

... Einige Kinder kauften Herrn Poitz dann noch die ganzen Ansichtskarten ab.

✶

...Zurückzu mußten wir schnell machen, weil es wie Gewitter ausgesehen hat. Manchmal hörte man schon, wie es irgendwo ganz weit weg bumste.

✶

... Aber noch vor Sachsdorf mußten wir alle stehenbleiben, denn die Gudrun mußte brechen. Da half ihr unsere Lehrerin beim

Brechen und wir mußten alle warten, bis die Gudrun fertig war mit Brechen.

✶

... Dann hat es plötzlich angefangen ganz doll zu regnen und wir rannten wie die Weltmeister. Es schiffte wie verrückt und es wollte auch gar nicht aufhören zu schiffen.

✶

... Unter der Autobahnbrücke haben wir uns dann untergestellt. Und weil es unter der Autobahnbrücke so schön laut hallt, haben wir alle gleich angefangen ganz laut ein Lied zu grölen, nämlich das Lied „Heut ist ein wunderschöner Tag, die Sonne lacht uns so hell". Es hat so wuchtig geklungen als wenn wir ein berühmter Chor mit 1000 Menschen sind. Das war für mich das schönste Erlebnis vom ganzen Wandertag.

✶

... Ich war froh, als ich endlich klitschnaß zu Hause angekommen bin.

✶

... Das nächste Mal zum Wandertag machen wir vielleicht auf den Landberg. Da sind wir nämlich erst zweimal hingemacht.

DISCO
COLA

Aufsatzthema „Familienfeiern“

Am Sonnabend vor 2 Wochen hat meine große Schwester einen Mann geheiratet. Nach dem Rathaus hat sie sich auch in der Kirche trauen lassen. Das war eine schöne Trauerfeier. (1985)

*

Die Rede auf dem Standesamt war stinklangweilig. Dann hat der Standesamtmann die Braut und ihren Bräutigam einzeln gefragt, ob sie sich wirklich verehelichen wollen und dann mußten sie beide laut „Ja“ sagen. Weil der Standesamtmann ihnen das vielleicht nicht ganz geglaubt hat, mußten sie das auch noch unterschreiben, daß sie sich immer lieben wollen. (1991)

*

Voriges Jahr im Herbst hat meine Tante Karin immer gesagt, daß sie erst im Sommer heiraten wird. Aber dann hat sie doch schon im April heiraten müssen, weil im Standesamt schon alle Heiratssonnabende von Mai bis August voll besetzt waren. (1990)

*

Am Schluß seiner Rede hat der Standesbeamte dem Brautpaar so ein dünnes Buch geschenkt, in dem drinsteht, daß die beiden wirklich ehrlich verheiratet sind. (1992)

*

Ganz zum Schluß hat die Frau auf dem Amt dem Hochzeitspaar noch gesagt, daß sie jetzt als Familie die kleinste Keimzelle in unserer sozialistischen Gesellschaft sind und hat ihnen noch viel Glück und viele Erfolge im sozialistischen Familienleben gewünscht. (1988)

*

Die Braut sah in ihrem weißen Brautkleid superschick aus. Bloß sie wird doch diesen langen teuren weißen Fummel nie mehr groß anziehen können. (1990)

*

Die Verheiratung meiner Kusine im Standesamt hat mir überhaupt nicht gefallen. Bevor die Frau Beamtin zur Sache gekommen ist, hat sie einen elend langen Vortrag gehalten über Liebe, Ehe und Treue und was die ganzen berühmten Dichter dazu gesagt haben... (1991)

*

Jetzt kann ich auch verstehen, warum so viele Liebespaare sich nicht heiraten wollen, weil nämlich die ganze Hochzeitsfeierei so massig viel Geld kostet und daß sie sich dann lieber ohne Verheiratung lieben wollen. (1992)

*

Gleich nach dem Standesamt ging in der Kirche die Verheiratung weiter. (1990)

*

In der Kirche bekam jeder Hochzeitsgast ein Liederbuch kostenlos ausgeliehen. (1990)

*

In der Kirche ging die Feier so los, daß paar Frauen von oben runter vom Balkon einen ganz langsamen Titel gesungen haben. Aber dann machte die Orgel los. Das war ein echt irrer Sound und noch lauter wie in der Disco. (1988)

*

Nach dem zweiten Lied hat der Pfarrer eine ewig lange Rede gehalten und dem Brautpaar immer wieder gesagt, daß dort, wo er hin geht da soll sie auch hingehen. Also ich als Frau würde das nicht mitmachen. So was ist doch keine Freiheit. (1990)

*

Während der langen Rede von dem Pfarrer hat meine Mutter so ein bißchen leise geweint und mein Vater hat immerzu heimlich auf seine Armbanduhr geguckt und sein Kleingeld in der Jackettasche sortiert. (1988)

*

Auf manche Hochzeitsgeschenke hatte meine Schwester eine Stinkwut, weil sie sie schon ein paar mal hat oder überhaupt nicht gebrauchen kann oder weil sie ihr echt nicht gefallen. Aber sie hat sich nichts anmerken lassen und immer so getan als ob sie sich über alles ganz sehr freut. (1989)

*

Zum Kaffee gab es einen Haufen zu essen. Verschiedene nasse und trockne Kuchen, aber bloß zwei Ananastorten. Die waren so schnell alle, daß nicht alle ein Stück davon abgekriegt haben. (1984)

*

Nach dem Abendbrot war es ziemlich langweilig überhaupt keine action. Die Disco spielte mit full power einen Rocktitel nach dem andern. Paar junge Leute haben getanzt. Der Opa hat einen Schnaps nach dem anderen runtergekippt und sich dabei mit dem

Onkel über Politik gestritten. Die Uroma hat in der hinteren Ecke gesessen und sich die ganze Zeit die Ohren zugehalten. (1990)

*

Die Männer haben massig viel getrunken. So um 11 rum hat mein Vater meinen neuen Schwager beiseite genommen und ich habe gehört, wie er zu ihm gesagt hat. „Du, sauf nicht so viel ! Du hast heut noch Pflichten !“ Mein Schwager hat aber bloß gelacht und gesagt, das kriegt er schon noch hin. (1984)

*

Wenn ich einmal heirate, dann will ich aber so wie ich will leben und nicht so wie mein neuer Schwager, mit dem meine Schwester jetzt schon macht, was sie will. Mein Vater sagt auch schon über ihn: „Das wird mal ein richtiger Kartoffelheld.“ (1990, 6. Klasse)

*

Wenn ich groß bin werde ich auch so eine schöne Braut heiraten. Aber vielleicht bleibe ich auch erledigt so wie mein Onkel Günther. (1988, 4. Klasse)

*

Ich selber werde später mal überhaupt nicht heiraten. Erstens weil heiraten altmodisch ist und zweitens weil man dann so einen Kerl dann das ganze Leben lang am Halse hat und wenn man ihn wieder los sein will, so wie jetzt meine Tante Gudrun viel Geld für die Scheidung braucht und man hat einen Haufen Ärger noch dazu. (1991, 8. Klasse)

*

Ich werde mal nicht heiraten. Denn man sieht doch wie die Männer sind. Entweder sie sind so ein Macho-Typ, bei dem die Frau immerzu bloß kuschen und ihn von vorn und von hinten bedienen muß, oder er ist so ein Pantoffelheld und Waschlappen, der bloß immer „Ja“ sagt, weil er Angst vor seiner Frau hat. Deshalb schaff ich mir lieber einen festen Kerl an. Wenn ich den mal satt habe, schmeiß ich den Typen einfach raus ohne lange Scheidung und so. (1991, 8. Klasse)

✶

Gleich nach dem Kaffee war ganz miese Stimmung, weil nichts so Richtiges losging. Onkel Gerhard erzählte paar Witze. Die Männer lachten laut, aber den Frauen gefielen die Witze nicht so richtig. Sie kuckten bloß runter und schüttelten den Kopf.

✶

Dann haben die ältlichen Geburtstagsgäste, die schon ziemlich blau waren plötzlich angefangen zu singen. Sie haben sich eingehenkelt und geschunkelt und gesungen, wie sie das kleine Haus von der Oma versaufen wollen und wer das alles bezahlen soll und daß sie heute blau sind und morgen wieder und daß das Wasser im Rhein Wein ist und noch anderen solchen alten Quatsch.

✶

Der Uropa wollte immerfort so ein blödsinniges Lied singen von der Waldeslust in seiner einsamen Brust und daß ihm ein Mädchen in Polen keinen Kuß geben wollte. Um 11 Uhr war ihm dann mit einmal so schlecht von den Schnäpsen, daß ihn mein Vater und die Uroma nach Hause abführen mußten.

Der Mensch

Auszüge aus Kurzaufsätzen der 5. - 8. Klasse

Der Mensch besteht aus drei Teilen. Der obere Teil ist der Kopf, der geht bis zum Hals. Dann kommt der Oberkörper, der geht vom Hals bis zum Bauch. Dann kommt der Unterkörper.

✶

... Der wichtigste Teil vom menschlichen Körper ist der Kopf. Ohne Kopf kann ein Mensch fast nicht leben.

✶

... In der Mitte vom Bauch ist der Nabel. Das ist das kleine Loch, wo man beim Waschen den Dreck immer so schlecht herausbekommt.

✶

... Das Unterteil vom Menschen ist in zwei Teile gespaltet, das sind die Beine. An den Beinen sind unten die Füße dran.

✶

... Der Mensch hat im Körper innen drin viele wichtige Teile, zum Beispiel die Knochen, das Herz, die Lunge, der Magen und ganz viele Adern voll Blut und noch andere Teile.

✶

...Das Schönste im menschlichen Körper ist das Herz, das Häßlichste sind die Därme.

✶

...An manchen Stellen ist der Mensch inwendig hohl damit die eingeatmete Luft Platz hat. Unten am Ende vom Rücken ist ein Loch, wo sie dann wieder raus kann.

✶

...Der Mensch hat 4 Backen. Zwei davon sind im Gesicht.

✶

... Alle Körperteile, die ein Mensch zweimal hat, befinden sich immer an den Seiten, zum Beispiel die Ohren, die Arme und die Beine. Aber alles, was der Mensch nur einmal hat, befindet sich immer in der Mitte, zum Beispiel die Nase, der Mund, der Hals, der Bauchnabel und so weiter.

✶

...Es gibt verschiedene Arten von Menschen: Lange und kurze, dünne und dicke, auch krumme mit Buckel und solche mit Schweißfüßen.

✶

Die Menschen sind über die ganze Erde ausgebreitet und sie haben verschiedene Farben. Es gibt weiße, schwarze und braune und Mischlinge. Zu den Menschen zählen auch die Eskimos und die Chinesen.

✶

... Die ersten Menschen auf der Welt waren die Urmenschen. Manche Urmenschen leben noch, zum Beispiel meine Uroma.

...Die Menschen, die was verbrochen haben und dabei erwischt wurden sitzen im Kittchen. Die anderen laufen frei herum so wie ich.

✶

... Woher der Mensch abstammt, ist noch nicht ganz klar. Altmodische Leute sagen, der Mensch stammt von Adam und Eva ab. Manche Leute sagen, daß der Mensch vom Affen abstammt.. Unser Biologielehrer hat uns das auch erklärt, nämlich das kam so: Ganz früher gab es auf der Welt noch keine Menschen, nur Affen, die alle auf den Bäumen lebten. Eines Tages sind dann einige Affen auf die Erde heruntergekommen und sind auf der Erde geblieben. Diese Affen nannten sich dann Menschen. Somit sind die Menschen bloß heruntergekommene Affen.

✶

...Mein Vater sagt, daß der Mensch vom Affen abstammt ist ganz großer Quatsch. Und wie ich ihm gesagt habe, daß ich das aber in der Schule so gelernt habe, daß wir alle vom Affen abstammen, hat mein Vater gesagt: „Du vielleicht, aber ich nicht !“

✶

... Es gibt männliche Menschen und weibliche Menschen und Kinder. Wenn der männliche Mensch groß ist und alt genug, sucht er sich eine Frau. Die liebt er. Dann nach einiger Zeit gehen die beiden wenn sie wollen ins Rathaus. Dort ist so ein Amt, wo sie sich heiraten können. Dann bekommen sie dort noch ein Buch, wo drin steht, daß sie sich weiter lieben müssen weil sie jetzt eine Familie sind. Dann machen die beiden Hochzeit und sind glücklich, aber manchmal auch nicht so wie meine große Schwester Ulrike.

„Wach auf, Heinz, ´s is Pause !“

Heitere Begebenheiten zwischen den Unterrichtsstunden

Ein altbekannter Schülerausspruch lautet: „Das Schönste in der Schule sind die Pausen.“ Diese Feststellung ist zwar für Lehrer nicht gerade schmeichelhaft, aber aus dem Blickwinkel der Schüler mitunter nachvollziehbar...

Die willkommenen unterrichtsfreien Minuten werden je nach Alter, Geschlecht, Neigung und Temperament verschiedenartig genutzt: Frühstücken und gegenteilige Verrichtungen, Herumtollen, Raufereien, mehr oder weniger lautstarke Unterhaltungen oder Streitereien, eiliges Abschreiben von nicht erledigten Hausaufgaben und, und, und ...

Auch gibt es in der Pause hin und wieder etwas zu lachen.

Es ist schon vorgekommen, dass ein übermüdeter Schüler, der im Unterricht eingenickt ist, das erlösende Pausenklingeln einfach überhört...

So berichtete einmal eine Lehrerstudentin, die ihr Praktikum an unserer Schule absolvierte, ganz aufgebracht im Lehrerzimmer: „Also was ich eben in der 10a erlebt habe...! Es klingelt zum Stundenschluss, und da stößt doch so ein Kerl in der letzten Bankreihe seinen Nachbarn an und sagt ganz deutlich: „Du, Heinz, wach auf, ´s is Pause !“

*

Ich hatte Pausenaufsicht im unteren Korridor. Plötzlich kommt ein Junge aus der 5. Klasse auf mich zugerannt: „Herr Schlönvogt, komm‘se mal schnell aufs Jungen-Klo !“ - „Ist was passiert ?“, fragte ich. - „Nee, aber der Neue aus unserer Klasse, also was der kann... !“ - „Ja, und was kann er denn ?“ - „Der kann so an die Wand schiffen, daß das Geschiffte wie ´n Elefant aussieht !“

Meine Kollegin Edau belauschte einmal eine Unterhaltung zweier Mädchen aus der 1. Klasse während der Hofpause.

„Du, ich weiß schon, wie man ein Kind kriegt !“

„Ätsch, und ich weiß schon, wie man keins kriegt...“

✶

Nach den Winterferien war ein Erstklässler aus Dresden wegen Umzuges an unsere Schule gewechselt. In der Pause nach der ersten Unterrichtsstunde wurde die Unterstufenlehrerin, Frau Losch, heimliche Hörerin eines ersten „Kontaktaufnahmegespräches“ zwischen dem „Neuen“ und seinem Banknachbarn.

„Du, spielste Fußball ?“

„Ja.“

„Biste ooch Dynamo-Fan ?“

„Na klar.“

Nach einer Weile:

„Du, haste schon mal Bier getrunken ?“

„Na klar.“

„Haste ooch schon mal geroocht ?“

„Na klar.“

„Und haste schon ´ne Freundin ?“

„Klar, hab ich.“

„Isses eene aus unserer Klasse ?“

„Nee, die geht noch in ´n Kindergarten.“

„Was? - So ne ganz Kleene ?“

„Na ja, aber besser wie gar keene.“

„Da haste ooch recht.“

*

Mein Kollege Ebelt hatte Pausenaufsicht im unteren Korridor. Plötzlich vernahm er extrem lautes, wiederholtes Knallen aus Richtung der Toiletten im Erdgeschoss. Er eilte die Treppenstufen hinunter und sah, wie ein Schüler aus der 5. Klasse die zweiflügelige Schwingtür zu den Toilettenräumen traktierte, indem er den Spannbügel abhob und ihn immer wieder gegen den Türflügel krachen ließ.

Der Kollege nahm den Jungen beim Schlawittchen und herrschte ihn an: „Sag mal, bist du denn verrückt geworden, oder was ? Hier im Schulhaus so einen Lärm zu machen und die Tür zu beschädigen !? Machst du das etwa zu Hause auch so ?“

„Nö“, entgegnete der Ertappte.

„So so“, erboste sich der Kollege, „zu Hause traust du dich wohl nicht, was ?“

„Nö“, meinte der Junge treuherzig, „daheim ham wir ja auch nich solche Eisendinger an der Klo-Türe...“

We have a house with sex rooms

Amüsantes aus meinem Englischunterricht

Im ersten Unterrichtsjahr Englisch ließ ich einmal einen Kurzaufsatz OUR FAMILY schreiben. Darin sollten die Schüler Angaben zur Anzahl der Familienmitglieder, zu Vater und Mutter und zu Namen und Alter der Geschwister machen.

Heike W., die aus einer sechsköpfigen Familie stammte, schrieb als ersten Satz:

We are a family of sex.

*

Die falsche Schreibweise des englischen Zahlwortes six (sechs) fand ich auch einmal in einem Kurzaufsatz über die Wohnung OUR HOME, was zu einer missverständlichen Deutung führen könnte. Eine Schülerin im Anfangsunterricht schrieb nämlich:

We have a house with sex rooms.

*

Karin F. übersetzte den Satz:

That`s very kind of him.

folgendermaßen ins Deutsche:

Das ist ein Kind von ihm.

*

Bei einer Bildbeschreibung galt es, die Tätigkeit verschiedener Personen in einem Wohnzimmer zu beschreiben. Ralf K. beschrieb den am Fenster sitzenden kleinen Sohn so:

Little Bill is shitting at the window.

*

Im Lehrbuch des zweiten Unterrichtsjahres (8. Klasse) war im Rahmen der Lektion KARL MARX IN LONDON auch ein Text über Lenins Aufenthalt in der englischen Hauptstadt enthalten. Bei der mündlichen Inhaltswiedergabe wollte Ralf R. gleich in seinem ersten Satz zum Ausdruck bringen, dass Lenin ein bedeutender Mann (*important man*) war. Jedoch erfuhr durch Ralfs unkorrekte Aussprache sowie falsche Betonung des Adjektivs *important* auf der ersten Silbe eine kuriose inhaltliche Veränderung. Ralf sagte nämlich:

Lenin was an impotent man.

*

Ich habe in meinem Englischunterricht stets viel Wert darauf gelegt, dass die Schüler bei bestimmten Gelegenheiten im Unterricht die Fremdsprache gebrauchen, wenn sie ein Anliegen zum Ausdruck bringen wollen, z. B. "May we open the window ?" - "Can you repeat it, please ?" - "Sorry, I don`t know." und so fort.

Während einer schriftlichen Übung hob plötzlich ein Junge die Hand. Ich fragte ihn: *"What`s the matter, Bernd ?"*

Er antwortete: *"Me is bad."*

Ich hatte zwar verstanden, dass „ihm schlecht ist" und habe ihn in Begleitung eines anderen Jungen ins Sekretariat geschickt. Ob aber auch ein Engländer Bernds augenblickliche Situation vollinhaltlich verstanden hätte ?? - Ich jedenfalls war froh, dass es dem

Jungen nur schlecht war, denn wie hätte ich wohl reagieren müssen auf eine Ankündigung wie
I must me now overgive...

✶

Innerhalb der Lehrbuch-Lektion STRATFORD-UPON-AVON war ein Text über William Shakespeare für ein stilles verstehendes Lesen vorgesehen. Nach der inhaltlichen Auswertung der Kurzbiographie vergewisserte sich eine Schülerin in der Muttersprache:

„Dann ist also Shakespeare am 23. April geboren und dann genau an seinem Geburtstag am 23. April gestorben ?“

„Ja“, bestätigte ich, „solch eine Übereinstimmung von Geburtstag und Todestag ist zwar äußerst selten, aber bei Shakespeare ist es so.“

„Na“, meinte da das Mädchen, „hoffentlich ist er dann an seinem Geburtstag erst abends gestorben, dass er noch vormittags seine Geschenke bekommen hat...“

„Sei wie das Feilchen im Moose...“

In Poesiealben geblättert

Zu den schönsten und sorgsam aufbewahrten Erinnerungsstücken an die Schulzeit und an die Klassenkameraden zählen wohl neben diversen Klassenfotos auch sogenannte „Poesiealben“. Seit Generationen ist es meines Wissens an deutschen Schulen allgemeine Tradition, noch vor Abschluss der früher zumeist achtjährigen Pflichtschulzeit Eltern, Großeltern, Verwandte, Paten, Lehrer und in erster Linie Mitschüler um handschriftliche Eintragungen in diese extra dafür erworbenen und dafür angelegten Büchlein zu bitten.

So stellen Poesiealben einen Fundus von Zitaten, Aphorismen, Gedichten, Reimereien und Lebensregeln ernster und heiterer Art dar, stets verbunden mit den besten Wünschen für die Zukunft des Albumbesitzers sowie - sehr häufig - mit freundschaftlichen Treueschwüren und Versicherungen des steten Gedenkens.

Dabei ist man als Schreiber bemüht, sich in bestmöglicher Schönschrift zu „verewigen“. Mädchen verzieren oft ihre Niederschrift mit gestanzten Blumenbildern (sogenannten „Stammbuchblümchen“), Abziehbildchen und - neuerdings - Aufklebern oder mit mehr oder weniger Geschick gezeichneten Blumen, Herzen und Glückssymbolen, ausgeführt mit Buntstiften, Wasserfarben und seit der Wende mit farbigen Filzstiften.

In den letzten Jahrzehnten finden sich auch hin und wieder eingeklebte Passfotos neben den Eintragungen sowie „supermoderne“ Poesiealben, wo auf jeder Seite eine Art Fragebogen nach Name, Geburtstag, Hobby, Lieblingspromis etc. gedruckt ist, den man nur noch kurz auszufüllen braucht. Da geht wohl - im Vergleich zu den traditionellen Poesiealben - viel an Eigeninitiative und persönlicher Note verloren...

Poesiealben herkömmlicher Art stellen aber nicht nur eine Quelle der Erinnerung dar, sondern geben - zu Klassentreffen mitgebracht - auch sehr oft Anlass zu großer Heiterkeit aus verschiedensten Gründen.

Im Hinblick auf Humor haben es mir deshalb Poesiealben besonders angetan, und so durchforste ich seit mehr als 50 Jahren alle diese Büchlein, die mir in die Hände kommen, nach humorigen Eintragungen aller Art.

Begehrtes Objekt meiner diesbezüglichen Sammlerleidenschaft ist Geschriebenes, das entweder Schmunzeln hervorrufender Super-Edel-Kitsch ist oder das aufgrund von orthografischen und grammatikalischen Fehlern, Wortauslassungen oder -verdrehungen sinnentstellend humorvoll wirkt. Darüber hinaus habe ich auch ein Faible für bewusst ulkig Gereimtes und Ungereimtes.

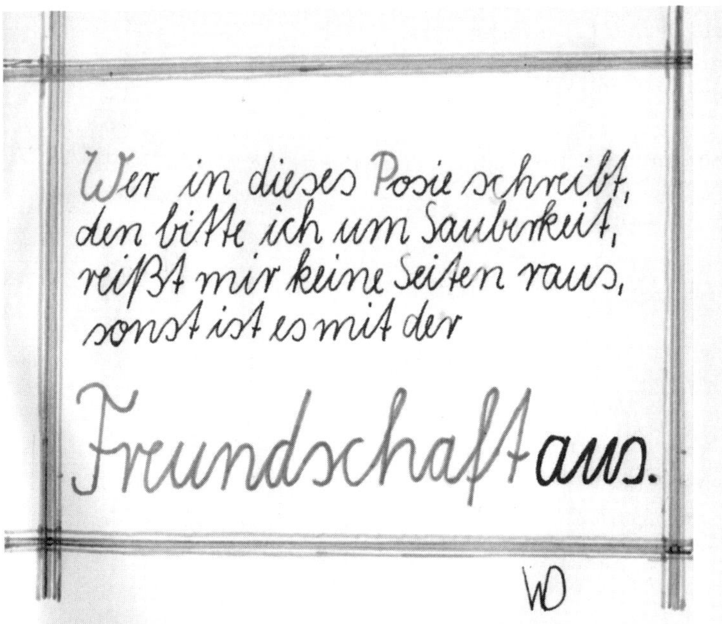

Durch Zufall lernten wir uns kennen,

durch Zufall müssen wir uns trennen.

Durch Zufall wird`s vielleicht geschehn,

daß wir uns einmal wiedersehn.

Hochachtungsvoll

Dein Vater

*

Wenn die rauhen Winde stürmen

auf Deiner Lebensbahn,

wenn die Wellen hoch sich türmen

an Deinem Lebenskahn:

Schiffe ruhig weiter,

wenn Dein Mast auch bricht.

der Himmel ist Dein Begleiter,

er verläßt Dich nicht.

Dein Dich liebender Opa

Wilsdruff Anno Domino 1988

Poesieeintragungen von Lehrern

Ein kurz vor der Rente stehender Biologielehrer (1950)

Wie die Zucht, so die Frucht.

oder auch

Achte nie auf den Glanz der Schale,
prüfe den Wert des Kornes.

Einem UTP-Lehrer (Unterricht in der Produktion) schien ein Zitat von Goethe passend :

Arbeite nur, die Freude kommt von selbst !

Ein Sportlehrer schrieb:

Ein guter Anlauf ist der halbe Sprung.

Ein Geographielehrer (1954) zitierte Goethe:

Warum in die Ferne schweifen ?
Sieh, das Gute liegt so nah...

Ein pensionierter Chemielehrer (1949) war der Meinung:

Gelobt sei, was hart macht.

Ein Turnlehrer (1955) schrieb in Umwandlung des bekannten Wortes: „Wo man singt, da lass dich ruhig nieder. Böse Menschen haben keine Lieder." in seiner Spaßvogel-Manier:

Wo man turnt, da kannst du ruhig harren.

Böse Menschen haben weder Reck noch Barren.

Ein Deutschlehrer (1986) verhaspelte sich beim Schreiben des geflügelten Wortes: „Lerne leiden, ohne zu klagen." und gab den Rat:

Lerne klagen ohne zu leiden.

Einem Staatsbürgerkundelehrer (1986) unterlief beim Schreiben seines Ratschlages ein peinlicher Rechtschreibfehler, indem er in dem Wort „Streben" zwei Buchstaben verwechselte:

Wirke stets für Frieden und Sozialismus,

damit sich dein Sterben auch lohnt.

Ein anderer Staatsbürgerkundelehrer (1989) verdrehte unfreiwillig ein bekanntes Sprichwort, wobei allerdings auch etwas Allgemeingültiges für die damalige Zeit herauskam:

Auch im Sozialismus gilt das alte Wort:

Ohne Preis kein Fleiß.

Super-Edelkitschiges

In vielen Poesiealben blüht nicht nur einfacher Kitsch, sondern Super-Edelkitsch (= „Schneckenschleim mit Himbeersoße")

Hinter einem Eisengitter
liegt ein Herz, das weint so bitter.
Heb es auf und tritt es nicht,
denn es heißt „Vergissmeinnicht".

Ein Haus aus Rosen,
aus Veilchen die Tür,
Ein rosarotes Leben
das wünsch ich dir.

So wie der Ton der Flöte
so hell, so schön, so rein,
so wie die rosige Morgenröte
mag stets dein Leben sein.

Wie Wellentanz,
wie Sonnenglanz,
wie Lerchen singend schweben,
wie Morgentau,
wie Veilchen blau,
so sei du stets im Leben.

Ein Körbchen rote Rosen,
zwei weiße Täubchen dazu.
Doch die Schönste auf Erden,
liebe Rosmarie, bist du.

Es soll dein ganzes Leben sein
ein Gang durch einen Rosenhain.
Und jede Rose, die dein Finger bricht,
verwandelt sich in ein Vergißmeinnicht.

Geduldig trägt dein Mütterlein
für dich so manche Last.
Drum halte sie auch lieb und rein,
so lange du sie hast.

So wie die blauen Blumen
im gelben Kornfeld blühn,
so blühe auch dein Leben
in Fried und Freud dahin.

Unter Rosen und Narzissen
fließe sanft dein Leben hin.
Unschuld sei dein Ruhekissen,
Tugend deine Führerin.

Ein Häuschen aus Zucker,
aus Zimt sei die Tür,
der Riegel aus Bratwurst,
das wünsche ich dir.

Wenn getrennt durch viele Meilen
wir uns niemals wiedersehn,
so will ich mit diesen Zeilen
dir als treues Denkmal stehn.

Das Herz gleicht dem Meere,
hat Sturm, Ebbe und Flut,
und manch schöne Perle
in seiner Tiefe ruht.

Blüh wie im Moose das Veilchen,
so sittsam, bescheiden und rein.
Und nicht wie die stolze Rose,
die stes bewundert will sein.
Denn es dauert ja nur ein Weilchen,
da wird die Rose vom Wind geknickt,
aber das sittsam bescheidene Veilchen
wird von Händen der Liebe gepflückt.

Leb immer ohne Sorgen
und meistens schön und rein,
so wie der Frühlingsmorgen
im Abendsonnenschein.

EIN ENGEL FLIEGE STETS AN DEINER SEITE,
BIS EINST EIN BRÄUTIGAM DIE ARME UM DICH BREITE.
UND WENN DANN WIRD DAS HOCHZEITSLIED ERSCHALLEN,
SO LASS AUCH ICH EINEN FREUDENTON ERKNALLEN.

WIE DAS VEILCHEN BESCHEIDEN,
WIE EIN ENGLEIN SO REIN,
WIE DIE MÖVE SO FRÖHLICH,
MAGST IMMER DU SEIN.

So wie die Täubchen leben
in Frieden und Einigkeit,
so wünsch ich Dir dein Leben
voll der Zufriedenheit.

Blüh wie die Rose,
wachse und gedeih
und in deinem Herzen
sei es ewig Mai.

Vor vielen, vielen Jahren
kam ein Baby angefahren.
Ohne Strümpfe, ohne Schuh,
liebe Cornelia, das warst du.

Unter Buchen, unter Linden
wirst du einst ein Blümlein finden.
Dies ganz leise zu dir spricht:
„Vergesse Gott“ und deine Eltern nicht.

Unter tiefem Moos verborgen
liegt ein Blümlein ohne Sorgen,
dieses kleine Blümlein spricht:
Lebe wohl Vergiß mich nicht.

Eine jede Morgenstunde
trage für dich Gold im Munde.
Und ein jeder Augenblick
bringe dir das schönste Glück.

Verwelkt und bleich sinkt sie am Abend nieder,
die Rose, die uns früh entzückt.
So sinkst auch Du und niemals kehrst Du wieder,
du Jugend, die uns jetzt beglückt.

Zwei Blümlein blühen auf der Au,
das eine rot, das andere blau.
Das rote spricht: „Ich liebe dich."
Das blaue spricht: „Vergiss mein nicht."

Wenn der Winter ausgeschneit,
tritt der schöne Sommer ein,
also wird auch nach der Pein,
wer's erwarten kann, erfreut.

Zwischen Rosen und Narzissen
soll Dich mal ein Junge küssen.

Ich saß in einer Laube
und schlief.
Da kam eine Taube
und rief:
Mandy, du sollst dich beeilen,
in Connys Album zu schreiben.

Ein treues Herz in edler Brust
versüße Deine Tage
und scheuche von dem Pfad der Lust
selbst die geringste Plage.

Unter Rosen soll dein Leben
fließen wie ein sanfter Bach.
Und der Himmel mög Dir geben
was Dein Herz nur wünschen mag.

Der Strauß, den ich gepflücket,
grüße Dich vieltausendmal!
Ich habe mich oft gebücket,
ach, wohl mehr als tausend Mal
und ihn ans Herz gedrücket
vielhunderttausendmal!

Wenn zwei Regentropfen
an Dein Fenster klopfen
so merk es Dir:
Es ist ein Gruß von mir.

Ein Mädchenherz muss sein
wie die Lilie so rein,
wie der Tau so klar,
wie der Spiegel so wahr,
wies Vöglein im Gebüsch,
so fröhlich und frisch.

Wenn Du eine Tulpe siehst,
dann denk einfach:
Ich habe Dir auch einmal
eine gepflücket.

EIN TÄUBLEIN SAH ICH FLIEGEN,
DA DACHT ICH GLEICH AN DICH.
DAS MACHT MIR VIEL VERGNÜGEN,
DENK EBENSO AN MICH.

Wo Du hinblickst, o da winke
Dir die Freude zu!
Und wie Tau aus Wolken sinke
in Dein Herz die Ruh!
Stets soll Dich das Glück liebkosen,
dass Dir nichts gebricht.
Wandle, wo Du bist, auf Rosen
und Vergißmeinnicht!

Weißer Schwan auf blauer Flut
lieber Alexander, merks Dir gut:
Halte stets Dein Herz so rein,
wie der Schwan sein Federlein.

Es blühe unter Deinen Tritten
ein grüner Anger, hell und licht.
wo blaue Blümlein für mich bitten:
vergiß mein nicht !

Wie willst Du weiße Lilien
zu roten Rosen machen ?
Küss eine weiße Galafee,
sie wird errötend lachen.

Wenn Du hörst die Vöglein singen,
denke, dass es Boten sind,
die Dir Nachricht von mir bringen,
dass ich noch am Leben bin.

GRÜN IST DER KLEE,
DAS HERZ TUT MIR WEH,
DAS HERZ WIRD MIR ENG,
WENN ICH AN DICH DENK.

Ich wollt ein Sträußlein binden.
Da kam die dunkle Nacht.
Kein Blümlein war zu finden,
sonst hätt ich`s mitgebracht.

Du wünschest ein Verslein
ins Album von mir.
Gewiss, liebe Freundin, gern schreib ich es Dir:
Zwei Blumen im Garten
Zwei Fische im See.
Mein Herz würde lachen,
wenn ich Dich wieder seh.

Wemm drei kleime Regemtropfem
leise am Deim Femster klopfem,
liebe Maria, merke Dir,
diese Grüße simd vom mir.

AN EINER STILLEN QUELLE
DA STEHT EIN BLÜMELEIN.
UND BEIM GERÄUSCH DER WELLE
SPRICHT'S LEIS: VERGIß NICHT MEIN.

Wie ein Vöglein so fröhlich
wie ein Engel so rein
wie ein Veilchen bescheiden
magst immer Du sein.

Alle hier entflohenen Stunden
kehren ewig nicht zurück.
Sind sie unnütz dir verschwunden,
so zertretest du dein Glück.
Und auch in der Ewigkeit
reut dich die verlorne Zeit.

Zwei Rosen im Garten
zwei Schwäne im See
die Liebe muß warten
das Scheiden tut weh.

Wie die Wasserrose ringe
Dich hinauf ins reine Licht,
Was auch Dunkles Dich umschlinge,
Ringe, und ermatte nicht.

Sinnentstellende Schreibfehler

Sei wie das Feilchen im Moose
so seltsam bescheiden und rein,
und nicht wie die stolze Rose,
die stets bewundert will sein.

Man muß immer dankbar sein,
ist die Gabi auch noch so klein.

FREUNDLICH RÄUMEST DU EIN PLÄTZCHEN
MIR IN DEINEM ALBUM EIN.
LASS MICH AUCH IN DEINEM HERZEN
NICHT SO GANZ VERGOSSEN SEIN.

Wenn alle Ketten reißen,
wenn Glück wie Glas zerbricht,
wenn alle dich vergasen,
doch ich vergas dich nicht.

Wer schafen will, muß fröhlich sein.

Denk oft und gern
an Deinen Schullkamerad Arndt

Du bist mein Glück
du bist mein Stern,
auch wenn du zangst,
hab ich dich gern.

Nicht w a s Du pist,
ist was dich ehrt.
Nein w i e du pist,
bestimmt den Wert.

Ich lag im Garten und schlief.
Da kam ein Englein und rief:
„Janina, du sollst auferstehn
und zu deine Freundin gehn!“

Was man hat, das kann man verlieren.
Was man ißt, das bleibt bestehen.

Wer mit dem Leben spielt,
kommt nie zurecht.
Wer sich nicht selbst befühlt,
bleibt immer Knecht.

Nutze der Jugend schöne Stunden,
sie wissen nichts von Wiederkehr.
Einmal entschlüpft, einmal entbunden,
zurück kehrt keine Jugend mehr.

Gesundheit, Glück und Freude
mög immerdar Dir blühn.
Gesegnet sei Dein Sterben,
erfolgreich Dein Bemühn.

würge gut, so würgst du länger
als es Menschen sonst vermögen.

Goethe

Nur der ist seinen Freunden
ein wahrer Freund gewesen,
den sie, wenn er fern von ihnen ist
daheim vermiesen.

Greif nicht in ein Wespennest,
doch wenn du greifst, so steche fest.

Wirke mutig ohne Bangen !
Bleibe fröhlich und haare aus !
Was mit Gott du angefangen,
fährt er auch mit dir hinaus.

Machst du das Kleine in deine Sachen,
wird sich das Große von selber machen.

Im Herzen die Ehre,
vor dem Auge die Pflicht,
auf der Zunge die Wahrheit,
bis das Dir bricht. (Auge)

Die Alte ehre stetz
du bleibst nicht ewig
kind. Sie waren was du
bist und du wirsd was
sie sind.

LASS NIE HASS UND FEINDSCHAFT IN DEIN HERZE DRINGEN,
DENN FREUNDSCHAFT NUR UND LIEBE ERNTET DANK,
DANN WIRST STETS DU FRÖHLICH SEIN UND SINGEN
UND JAUCHEN DEIN GANZES LEBEN LANG.

Drei Dropfen Gluck und immer heiter
dann geht das Leben munter weiter.

Mach der Mutter keine Sorgen,
mach dem Vater keinen Schmerz,
denn du weißt nicht ob schon morgen
dir entschläft

Deine Schulfreundin Linda

Verliere nie die Eltern aus deinem Herzen.,
denn auf der Welt
kannst du alles wiederfinden,
nur nicht deinen Vater und

Deine Schulfreundin Steffi

Den Vers:
„Wer denn Pfennig nicht ehrt,
ist den Taler nicht wert !"
schrieb Dir
Dein teurer Schulkamerad Mike

Hab Sonne im Herzen
und Zwiebeln im Bauch,
dann kannst du gut scherzen
und Luft kriegst du auch.

Immer wenn ich an dich denke
zittern mir die Kniegelenke
und mein altes Kanapee
huppt vor Freude in die Höh.

Der Vater pupst,
die Kinder lachen.
So kann man als Vater auch ohne Geld
den Kindern eine Freude machen.

Ich hab im Traum dein Bild gesehn.
Da blieb vor Schreck mein Wecker stehn.

Und wenn ich noch so dicke bin,
in dieses Poesie pass ich noch rin.

ICH HAB DICH GELIEBT
UND IM HERZEN GETRAGEN.
JETZT BIST DU GERUTSCHT
UND LIEGST MIR IM MAGEN.

So viel Dornen ein Rosenstock,
so viel Haare ein Ziegenbock,
so viel Flöhe ein Pudelhund,
so viele Jahre bleib gesund.

Lebe wohl!
Esse Kohl!
Trinke Wein!
Gedenke mein!

Wenn dich die bösen Buben locken
bleib zu Haus und stopf die Socken.
Zur Erinnerung an deinen Vater Weihnachten 1986

GLÜHEND HEIß GELIEBTES WESEN,
DU SIEHST AUS WIE MEIN KEHRBESEN.
SCHICKE MIR EIN BILD VON DIR,
DAS HÄNG ICH AN MEINE KELLERTÜR,
DAMIT DICH ALLE MÄUSE SEHN,
UND NICHT MEHR AN DIE KARTOFFELN GEHN.
DER WIND WEHT AUS OST.
ICH WARTE AUF POST.

Lebe glücklich, lebe froh,
wie der König Salomo,
der auf seinem Throne saß
und verfaulte Äpfel fraß.

Und wenn ich nicht mehr bei dir bin,
dann hast du mich im Album drin.

Liebes Mädchen, deiner Schönheit Blüte
weht einst des Alters kalter Atem ab.
Aber deines edlen Herzens Güte
duftet Enkeln noch aus deinem Grab.

Ein Seehund liegt am Meeresstrand,
putzt seine Schnauze im weißen Sand.
Oh möge doch dein Herz so rein
wie diese Seehundschnauze sein!

Üb immer Treu und Redlichkeit
bis an dein kühles Grab.
Und wenn du im Lotto 'n Sechser hast,
dann gib mir die Hälfte ab.

Ich liebe dich aus Herzensgrund
wie der Ochs das Heugebund.
Und hat der Ochse das Heu gefressen,
habe ich dich auch vergessen.

So zärtlich wie ein Trampeltier,
so eiskalt wie der mond,
unschuldig wie der schwarze Teufel,
der in der Hölle wohnt.
So temperamentvoll wie die Schnecke
und so störrisch wie ein Vieh,
so eingebildet wie ein Filmstar,
so, Petra, bist Du - nie.

Nimmst du dies Poesie einst zur Hand,
wirst du vielleicht schon „Opa" genannt,
und die Schreiberin dieser Zeilen da,
ist vielleicht schon Großmama.

Ich bin kein Poet,
was man sehr leicht versteht,
und du musst wissen:
Das Dichten ist beschissen.
Drum schreib ich hier kein Verslein ein
und hoffe, du wirst es mir verzeihn.
Das Datum kann ich leider nicht wissen,
das Hündlein hat den Kalender zerrissen.
Wau, wau Jana

Kannste was und haste was,
dann ist das ideal.
Kannste nix und haste nix,
ist das Leben eine Qual.
Kannste was und haste nix,
wirst du mit Recht verlacht.
Kannste nix und haste was,
sag, wie hast du das gemacht ?

Mäuse, Flöhe, Wanzen,
mögen dich umtanzen,
wenn du jemals d e n vergißt,
der hier unterschrieben ist.

Du bist wie eine Blume, die ruppig ist und rauh,
daß diese Blume „Distel" heißt, das weißt du ganz genau.
Nun sei doch nicht gleich böse, dass du die Distel bist.
Es kommt auch mal ein Esel, der gerne Disteln frißt.

WENN DIE FLÜSSE AUFWÄRTS FLIEßEN,
WENN DIE HASEN JÄGER SCHIEßEN,
WENN DIE MÄUSE KATZEN FRESSEN,
DANN ERST WILL ICH DICH VERGESSEN.

Bist du mal in großer Not,
dann klaue dir ein Konsum-Brot!

Reden ist Silber
und Schweigen ist Pappe.
Sei munter und fröhlich
und halte die Klappe.

Ich soll dir was ins Album schreiben,
doch fällt mir leider gar nichts ein ...
Du sollst ein liebes Mädchen bleiben,
das wird das Allerbeste sein.

Für`s Poesie ganz schnell was zu dichten,
das macht mir immer viel Verdruß,
man fühlt sich wie aufs Klo gesperrt,
obwohl man gar nicht muß.

SEI FLEIßIG WIE EIN BIENCHEN
UND FLINK WIE EIN KANINCHEN
UND SAUBER WIE EIN KÄTZCHEN,
DANN KRIEGST DU AUCH EIN SCHÄTZCHEN.

Will dich einst ein Jüngling küssen,
sei nicht gleich so aufgebracht,
Mutter braucht's ja nicht zu wissen,
hat's ja früher auch gemacht.

Hüte dich vor Menschen,
die so sind wie Katzen,
die vorne lecken
und hinten kratzen.

Hast du ein Kätzchen auf dem Schoß,
bist du schnell die Mäuse los.

Liebes Mädchen, sei so schlau,
werde niemals Ehefrau!
Vor der Hochzeit pflückt er Rosen,
nach der Hochzeit flickst du seine Hosen.

Wenn dir der Hund das Liebste ist,
so denk nicht, es sei Sünde,
der Hund bleibt dir im Sturme treu,
ein Mensch nicht mal in einem Winde.

Rosen, Nägel und Nahzissen,
alles darf die Mutter wissen,
nur das eine darf sie nich,
wenn dich erst ein Jüngling küst.
Zur Erinnerung an Steffen

Genieße den Frühling deines Lebens
und lebe den Sommer nicht vergebens,
denn gar bald stehst du im Herbste,
und wenn's Winter wird, dann sterbste.

Verena, lerne Menschen kennen!
Denn Menschen sind veränderlich.
Die sich heute „Freundin" nennen,
reden morgen über dich.
Dies schrieb dir
heute am letzten Schultag
Deine Freundin Michaela

Strebst du nach Großem,
mache erst was Kleines
und greife nicht gleich nach den Sternen.
Erst wenn du vollendet
das Kleine geschafft hast,
wirst du auch Großes machen lernen.

Blaue Augen, roter Mund,
liebe Kattrin, bleib gesund.
Ewig, ewig lieb ich dich,
liebe Kattrin, denk an mich.
Wenn ich auch nicht mehr bei dir bin,
steh ich doch im Album drin.

Ach, lerne selbst dich überwinden,
das ist der Tugend schönste Pflicht!
Nie wirst du Ruh auf Erden finden,
bezähmst du deine Triebe nicht!
Zur freundlichen Erinnerung an
Rolf

Dem kleinen Veilchen gleich,
das im Verbognen blüht,
sei immer fromm und gut,
auch wenn dich niemand sieht.

Wenn du eine Freundin suchst,
dann suche nur die rechte,
denn unter 100 Freundinnen
sind 99 schlechte.

Sei für Freuden stets bereit
bis zu deines Lebens Abendrot;
Man lebt ja nur so kurze Zeit
und ist so lange tot.

Wenn du einst als Frau Mama
im Lehnstuhl sitzt mit Herrn Papa
und eines deiner Töchterlein
schenkt dir ein Tässchen Kaffee ein,
dann denke stets mit neuem Glück
an deine Freundin Janine zurück.

Dein Mütterlein sei mehr dir wert
als alles Gut und Geld,
denn ohne sie, da wärest du
ja gar nicht auf der Welt.

Mach so viel aus dir, wie du kannst,
aber tue es so leise wie möglich.

DIE LIEBE GIBT FREUDE,
DIE TUGEND GIBT RUH,
DRUM ÜBE SIE BEIDE,
UND GLÜCKLICH BIST DU.

Geh durchs Leben wach und munter!
Sei auf Draht und fall nicht runter!

Sei getreu bis an dein Ende,
habe deine Eltern lieb,
denn glaube mir, sie haben dich
von Kindheit an so treu geliebt.
In ihren alten Tagen
streu Rosen auf ihr Haupt,
so wirst du Ruhe haben,
bis dich der Tod einst raubt.

Weißt du,
worin der Spaß des Lebens liegt?
Sei lustig!
Geht es nicht, so sei vergnügt!
Goethe

Lebe lustig, lebe heiter,
küß die Jungens und so weiter,
denn schon in der Bibel steht geschrieben:
„Du sollst deinen Nächsten lieben."

Ich wünsch dir viel Glück,
das du 100 Jahre alt wirst
und das du dich nie
mit einem Jungen verkrachst.

Sei klug und wachsam wie ein Hund,
beiß dich durch und bleib gesund.

Ich wünsche dir auf Erden
eine Kutsche mit zwei Pferden,
einen Bub von 18 Jahren,
damit kannst du zur Hochzeit fahren.

Sei hübsch gesund und froh und munter,
dann rutscht dir die Welt den Buckel runter.

Sei stets im Leben froh und heiter
wie der Spatz auf dem Blitzableiter.
Lach mit der Sonne lustig drein,
und lacht sie nicht, so lach allein.

Gönn dir was Gutes,
auch wenn du in Not bist,
denn was hast du vom Leben,
wenn du erst tot bist.

Sei immer lustig, sei immer froh,
wie die Affen im Dresdner Zoo,
denn die große Pleite
kommt ja sowieso.

Genieße, was das Schicksal dir beschieden,
entbehre froh, was du nicht hast.
Sei mit durchwachsnem Speck zufrieden,
wenn du mal keinen Schinken hast.

Genieße stets des Lebens Freuden
mit heiterem Gesicht,
und trifft dich ab und zu ein Leiden,
so sei`s so kurz wie mein Gedicht.

Unbeabsichtigt Frivoles

Du bist so schön wie eine Rose,
wenn ich dich seh, platzt mir die Hose.

Mach es wie die Sonnenuhr,
zähl die heißen Stunden nur. („heitren")

Genieße deine Kraft!
Man liebt nur den, der`s schafft.

DIE ROSE RIECHT,
DER DORN, DER STICHT.
DIE LIEBSTE SPRICHT:
VERGISS DICH NICHT! („MICH")

Sei freundlich gegen jeden Mann, („jedermann")
dann sehn dich alle freundlich an.

DER FLEIß IN DEINEN JUGENDLAGEN („JUGENDTAGEN")
WIRD SPÄTER GOLDNE FRÜCHTE TRAGEN.

Wenn du nicht kannst,
wird dir vergeben,
doch nimmermehr
wenn du nicht willst.

ob im Sommer an schwulen Tagen, („schwülen")
ob im Winter bei Frost und Schnee,
wenn immer im Leben du musst dich plagen,
bleib stets fröhlich und ruf „Juchhe"!

Verschlafe nicht die Morgenstunde,
versäume nicht das frühe Glück.
Er macht nur einmal seine Runde („Es")
und kehrt nicht mehr zu dir zurück.

Wenn du dies Büchlein nimmst zur Hand,
Denkst du, auch die hab ich mal
Gekannt.

Rosen möcht ich brechen,
brich du Vergissmeinnicht.
Deiner will ich nie vergessen,
vergiss auch meinen nicht. („meiner")

LERNE LIEBE, LEISTE WAS,
DANN KANNSTE, HASTE, BISTE WAS. (FEHLENDES KOMMA)

E i n Freund ist endlos mehr
als Freunde ohne Zahl.
Doch Vorsicht in der Wahl
und Nachsicht im Verkehr.

Das Leben wird dir wohl so manch' Nummer bringen, („Kummer")
Ermatte jedoch nie in deiner Pflicht.
Mit Geduld und Ausdauer wird's dir stets gelingen,
Auch wenn's dir manchmal an Kraft gebricht.

Wenn du einst in späten Stunden
dieses Büchlein nimmst zur Hand,
denk dran wie wir uns gefunden
auf der kleinen Schülerbank.

Du sollst handeln, nicht rasch, aber kräftig.
Du sollst lieben, nicht laut, aber heftig.

Skurriles

Stehe morgens so spät auf,
daß du abends nicht zu Bett gehen kannst,
weil du noch drin liegst.

Wenn man begriffen hat,
daß alles mal vorübergeht,
dann läßt sich sogar die Schulzeit ertragen.

Rauch nie im Bett,

denn die Asche, die herunterfällt,

könnte deine eigene sein.

Dies schrieb dir

Dein Klassenkammerrat Rico

Kopf hoch,

und wenn der Hals auch dreckig ist.

Du sagst, du liebst die Tiere

und doch tötest du sie.

Du sagst, du liebst die Blumen,

und doch pflückst du sie.

Drum fang ich an zu zittern,

wenn du sagst: Ich liebe dich.

SPARE IN DER NOT,

DA HAST DU ZEIT DAZU.

Sei wie die stolze Rose
selbstbewußt, eitel und frei.
Und nicht wie das Veilchen im Moose,
schüchtern, bescheuert und treu.

WAS DU MORGEN KANNST BESORGEN,
DAS VERSCHIEBE NICHT AUF HEUTE.

Wenn du am Morgen zerknittert aufstehst,
hast du tagsüber die besten Entfaltungsmöglichkeiten.

Wer sündig durch die Jugend tapst,
im Alter oft nach Tugend japst.

Die wildesten Fohlen
werden die besten Pferde.

Zur Erinnerung an Deine Cousine Jane

Ich bin dein Freund, du bist die meine.
Läßt du mich sausen, dann zieh ich Leine.
Doch freun wird`s mich (Verlaß dich drauf),
wickeln wir die Leine wieder auf.

Schwarzer Humor

Dich verfolg ich noch als Leiche,
wenn du meiner je vergißt
und im Totenhemde schleiche
ich dir nach, wo du auch bist.

Wenn sich auf dieses Blatt dein Auge senkt,
betracht es still, als wär`s mein Leichenstein,
und mild, wie man der Toten sonst gedenkt,
gedenke mein...

Wenn ich jung sterbe und du
als Greis auf den Friedhof gehst
und dann sinnend vor meiner
letzten Ruhestätte stehst,
schreib mit dem Finger
in der Grabumrandung Sand:
Die hab ich auch einmal gekannt.

Was ist das Los von allen Erdenwesen? –
Verwesen!

Abschied von der Schulzeit

Lebe wohl, du Schulgenossin,
unsre Zeit ist nun dahin.
Bald müssen wir die Schule meiden,
und von dir, o Freundin, scheiden.
Zur freundlichen Erinnerung
an Deinen Ulf

Der schönen Schulzeit goldner Glück
kehrt ins Leben nie zurück.
Da gab es Freunde, groß und klein...
Für uns wird`s bald zu Ende sein.

In des Schulhaus festen Mauern
fing einst unsre Freundschaft an.
Ewig, ewig soll sie dauern,
bis ich nicht mehr atmen kann.

Die Schulzeit ist die schönste Zeit,
das sehen wir nicht ein,
doch wenn wir aus der Schule sind,
dann werden`s wir bereun.

Unsre Freundschaft soll regieren,
bis wir einst ins Grab marschieren.

Unsre Freundschaft, die soll brennen,
wie ein dickes Dreierlicht,
und wir werden uns erst trennen,
wenn der Kater Junge kriegt.

Die Schulzeit ist die schönste Zeit,
sie kehret niemals wieder.
Drum, liebe Erika, leb wohl!
Wer weiß. sehn wir uns wieder.

Unsre Freundschaft, die soll wurzeln,
bis wir in die Grube purzeln.

DURCH ZUFALL LERNTEN WIR UNS KENNEN,
DOCH LEIDER NUR FÜR KURZE ZEIT.
BALD MÜSSEN WIR UNS WIEDER TRENNEN...
LEB WOHL, LEB WOHL IN EWIGKEIT!

You will have to kiss a lot of frogs
before you meet your prince.

Roses are red,
Violets are blue.
Dandelions are yellow. (Löwenzahn)
And I love you.

I love you and you love me.
Perhaps, we'll be a family.

Roses are red, my love,
And violets are blue.
Sugar is sweet, my love,
But not as sweet as you.

Im Poesiealbum einer vierzehnjährigen Schülerin fand ich auf der Rückseite des letzten Blattes am unteren Rand einen witzigen Zweizeiler, mit dem ein verliebter Mitschüler die Intensität seiner Zuneigung effektvoll dokumentiert hat:

Wer dich mehr liebt als ich,

der schreibe sich hinter mich.

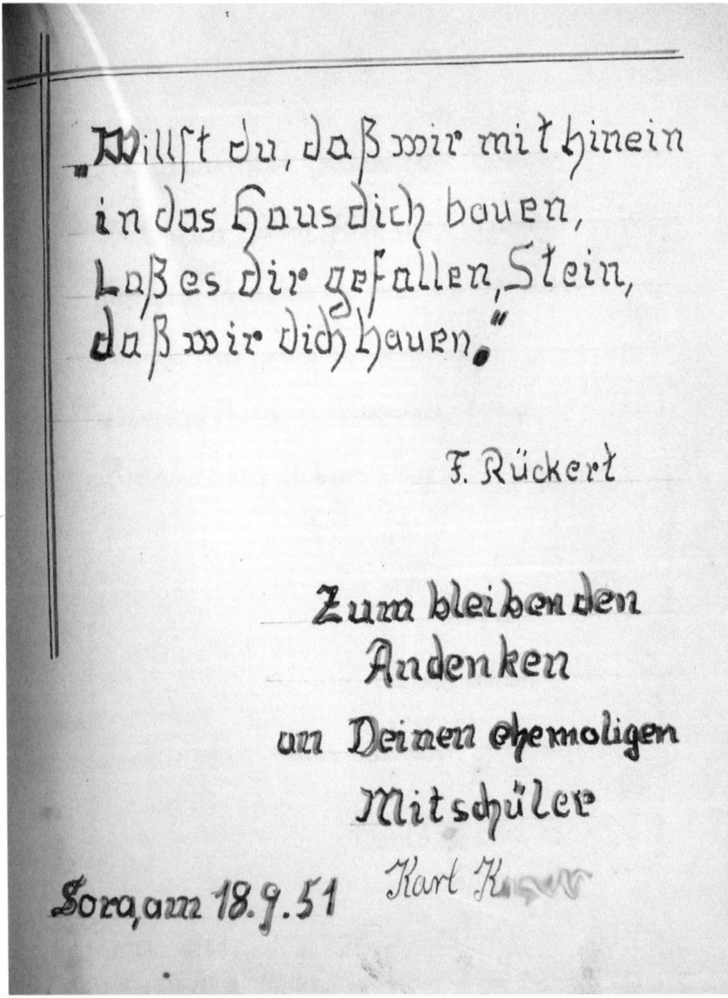

„Willst du, daß wir mit hinein
in das Haus dich bauen,
Laß es dir gefallen, Stein,
daß wir dich hauen."

F. Rückert

Zum bleibenden
Andenken
an Deinen ehemaligen
Mitschüler

Karl K

Sora, am 18.9.51

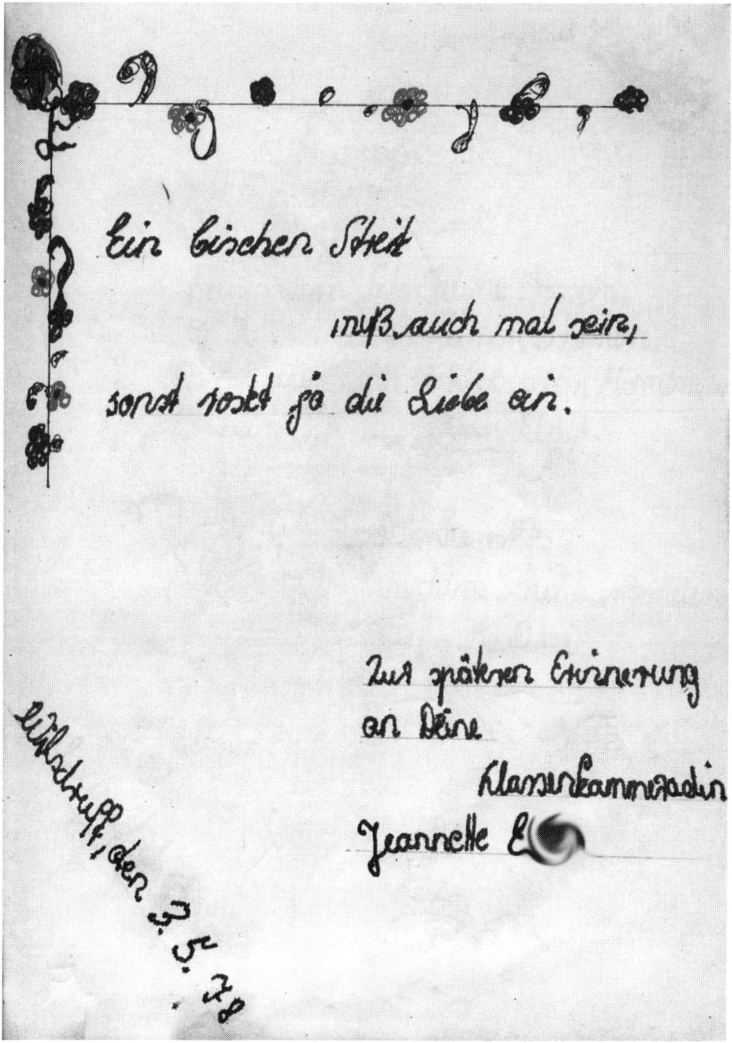

Ein bischen Streit
muß auch mal sein,
sonst rostet jo die Liebe ein.

Zur späteren Erinnerung
an Deine
Klassenkameradin
Jeannette E[redacted]

Wilsdruff, den 3.5.78

Sei gut wie ein Engel
und halte dich lieb
und denk an den Bengel
der dieses dir schrieb.

Zur Erinnerung
an Deinen Mitschüler
Andreas L.

Wilsdruff, d. 6.4.79

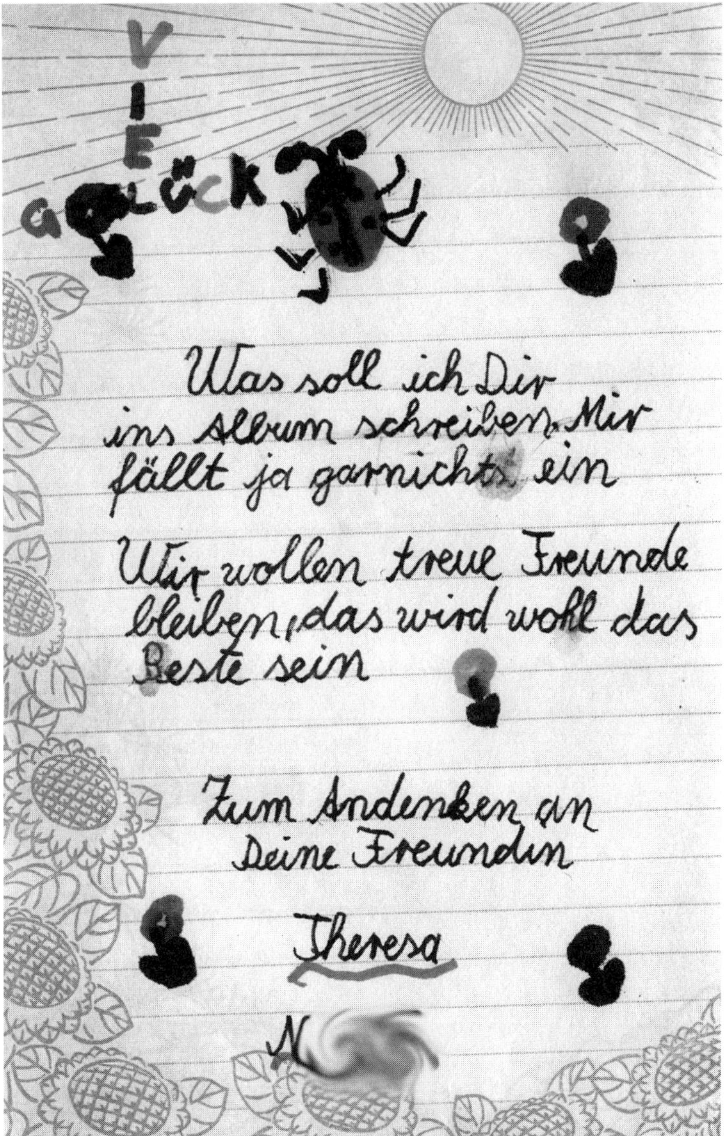
VIE
GLÜCK
Was soll ich Dir
ins Album schreiben. Mir
fällt ja garnichts ein
Wir wollen treue Freunde
bleiben, das wird wohl das
Beste sein
Zum Andenken an
Deine Freundin
Theresa
N

„Werter Herr Klassenleider !“

Schriftverkehr Elternhaus - Schule

Entschuldigungen

Sehr geehrte Frau Russischlehrerin !

Bitte lassen Sie meinen Sohn Dieter heute kein Russisch lernen. Er ist nämlich so heiser, daß er kaum Deutsch sprechen kann.

*

Mein Sohn kann heute nicht zur Schule gehen, weil er nicht bis zur Schule gehen kann. Wenn er wieder kann, wird er wieder gehen.

*

Werter Herr Klassenleider !

Tilo konnte gestern nicht in die Schule kommen, weil er seine Oma helfen mußte beim Ausziehen. In eine andere Wohnung.

*

Meine Enkeltochter kann nicht zur Schule kommen, denn sie bricht Ungeheuer.

*

Jana konnte die Hausaufgaben für heute nicht machen, weil meine Frau krank ist und weil ich sie deswegen gestern den ganzen Nachmittag gebraucht habe und auch noch abends zum Saubermachen von unsere Wohnung.

*

Heidrun kann heute nicht zur Schule kommen, weil sie seit gestern was zwischen den Beinen hat.

Beschwerden

... Sie haben meinem Sohn einen Brief für mich mitgegeben und sich beschwert, daß Ronny immer so schlecht riecht. Aber das ist nicht meine Schuld, sondern die vom Wohnungsamt. Wenn Sie nämlich mit 3 Kindern und mit mir und mit meinem Mann zusammen in unserm einen nassen Schlafzimmer schlafen müßten dann würden Sie auch so riechen.

Und dann will ich Ihnen gleich noch was sagen. Mein Sohn geht nicht deswegen in die Schule, daß Sie an ihm herumriechen, sondern daß Sie ihm was lernen.

*

... Sie schreiben mir, daß mein Sohn Steffen sehr oft mit schmutzigen Sachen in die Schule kommt. Das verbiete ich mir. Ich schicke ihn immer ganz sauber in die Schule und erst in der Schule wird er so dreckig, aber dafür sind Sie verantwortlich und nicht ich. Wenn Sie mir noch mal so was anhängen, dann schicke ich mal meinen Mann zu Ihnen, aber dann können Sie was erleben !

*

Mitteilungen

Werter Herr Klassenlehrer !

Ich teile Ihnen mit, daß ich ab sofort meine Funktion als Vorsitzender des Klassenelternaktivs niederlege, denn damit habe ich immerfort nichts als bloß Ärger. Ich war damals so dumm, mir von Ihnen diese Funktion aufreden zu lassen.. Aber jetzt ist Schluß ! Suchen Sie sich einen anderen Vorsitzenden !

Aber ich bin sicher, Sie werden keinen finden, der so dumm sein wird wie ich.

✶

Werter Herr Direktor !

Ich kann in den Wintermonaten an den Elternbeiratssitzungen nicht teilnehmen, da ich von der Feldbaubrigade abgezogen wurde und zur Zeit bis auf weiteres im Rinder- und Schweinestall als Springer eingesetzt bin.

✶

Werter Herr Klassenleiter !

Nehmen Sie zur Kenntnis, daß ich Sie bei der Schiedskommission verklagen werde. Sie haben nämlich letzte Woche in ihrem Kegelverein öffentlich gesagt, daß ich eine blöde Ziege bin, und ich habe Zeugen dafür, die das beweisen können.

✶

Werter Herr Direktor !

Sie haben meinen Antrag auf Entlassung meines Sohnes nach dem 8. Schuljahr abgelehnt. Ich hielt Sie bisher für sehr intelligent, Sie mich dagegen für so etwas wie einen Halbidioten. Nun ist ja auf Erden nichts unmöglich. Vielleicht irren wir uns beide...

✶

Bevollmächtigung

Werter Herr Klassenleiter !

Mir ist bekannt, daß die Lehrer in der sozialistischen Schule nicht schlagen dürfen. Mein Sohn Wilfried ist aber so ein Räbchen, daß er nur durch Dresche erzogen werden kann. Deshalb gebe ich Ihnen hiermit die Erlaubnis, meinen Sohn, immer wenn er Ihnen mal frech kommt oder wenn er nicht ordentlich gelernt hat, ihm in meinem Namen ein paar runterzuhauen.

Für ihre Mühe danke ich Ihnen im voraus.

✶

Sehr geehrter Herr Direktor !

Die Klassenleiterin meines Sohnes hat sich beim Elternaktivvorsitzenden darüber beschwert, daß ich ihr im Elternabend laufend widerspreche und ständig eine andere Meinung habe als sie. Aber das ist doch positiv zu sehen: Wenn ich nämlich stets der gleichen Meinung wäre wie sie, dann hätten wir ja beide unrecht.

✶

Werter Herr Klassenlehrer !

Ihre Beurteilung meines Sohnes auf dem Schuljahreszeugnis ist so falsch, daß nicht einmal das Gegenteil davon richtig wäre.

Schlitzohrige Ehrenerklärungen

Werter Herr Schmidt !

Da Sie meinen Zwischenruf im gestrigen Klassenelternabend als persönliche Beleidigung angesehen haben und mich deswegen vor die Schiedskommission bringen wollen, möchte ich Ihnen hiermit versichern, daß ich mit meinem lauten Zwischenruf „Idiot !" nicht Sie gemeint habe, sondern einen anderen Idioten.

*

Werter Herr Lehmann !

Vor ca. 4 Wochen habe ich Sie nach dem Elternabend einen „vollkommenen Idioten" genannt. Diese nicht zutreffende Behauptung möchte ich hiermit relativieren, da ich inzwischen zu der Erkenntnis gekommen bin, daß kein Mensch auf Erden vollkommen ist.

Werter Herr Direktor !
Ich habe Herrn Mertens gegenüber niemals geäußert, daß Sie ein Lügner sind, und weil ich ihm das nicht gesagt habe, kann er Ihnen das auch nicht mitgeteilt haben, weil er das nicht weiß.

... Es stimmt, daß ich den Klassenlehrer Herrn Mörschel während eines Wortwechsels im Elternabend einen Idioten genannt habe. Aber er hat mich ja zu dieser Äußerung geradezu provoziert, indem er gefragt hat, wofür ich ihn eigentlich halte.

✶

Werter Herr Direktor !

Im letzten Klassenelternabend habe ich mich in meiner Erregung während der Diskussion zu der Behauptung hinreißen lassen, daß die Hälfte der Lehrer an der Schillerschule Idioten sind. Das tut mir sehr leid, und deshalb möchte ich hiermit öffentlich erklären, daß die Hälfte der Lehrer an der Schillerschule keine Idioten sind.

✶

Wortwechsel in Elternabenden

Lehrer zu einem Vater: „Haben Sie mich eben halblaut *Rindvieh* tituliert ?“ - Vater: „Ja, aber entschuldigen Sie, das Wort ist mir ungewollt und in einer plötzlichen Erregung herausgerutscht...“ - Lehrer: „Das glaube ich Ihnen nicht, daß Sie den Ausdruck *Rindvieh* ganz unabsichtlich und aus einer plötzlichen Erregung heraus gebraucht haben, denn Sie haben mich vorher lange und prüfend angesehen.“

✶

Während der Disskussion in einem Elternabend einer 7. Klasse fragte ein sichtlich verärgerter Vater den Klassenlehrer: „Warum haben Sie meinem Sohn gestern eine Strafarbeit in Form eines Hausaufsatzes über richtiges Benehmen in der Schule aufgegeben ?“

Der Lehrer erwiderte: „Weil sich Ihr Sohn in meinem Unterricht äußerst rüpelhaft benommen und nach einer Zurechtweisung obendrein noch ganz freche Bemerkungen gemacht hat. So gesehen ist diese schriftliche Aufgabe für ihn noch eine sehr, sehr milde Strafe. Wissen Sie, was Ihr Bursche eigentlich verdient hätte… ?"

Darauf der Vater: „Mein Sohn geht nicht zur Schule, um etwas zu verdienen, sondern um etwas zu lernen !"

*

Abschließend seien noch zwei Dialoge aus Klassenelternabenden wiedergegeben, die zeigen, wie Lehrer verbale Attacken von Seiten der Eltern gewitzt und schlagkräftig pariert haben.

Vater: „Sie versprechen immer sehr viel, aber letzten Endes halten Sie ihre Versprechen nicht."

Lehrer: „Ich würde Ihnen dringend raten, nicht vorschnell von sich selbst auf andere zu schließen."

*

Vater: „Finden Sie es eigentlich gerecht, daß Sie meinem Sohn für seinen letzten Aufsatz eine Fünf gegeben haben ?"

Lehrer: „Nein, das finde ich nicht gerecht, denn er hätte eine andere Zensur verdient. Aber in unserem DDR-Schulsystem gibt es nun mal keine schlechtere Note als die Fünf…"

Elterliche Schreiben an die Schule von Anno dazumal

Mitte der 50er Jahre übermittelte mir ein in die Altersrente verabschiedeter Kollege freundlicherweise aus seiner Kollektion schulelterlichen Humors fünf Abschriften von Entschuldigungs- und Beschwerdeschreiben aus den ersten Jahrzehnten des vorigen Jahrhunderts.

Ich finde diese schulhumorigen „Oldies" sowohl inhaltlich als auch ausdrucksmäßig so amüsant, dass ich sie dem geneigten Leser nicht vorenthalten möchte.

Liebes Fräulein ! Weil sich Ida ihr langer Fuß in die Länge zieht, kann sie den Schulausflug nicht mitmachen.

*

Herr Lehrer werden entschuldigen das mein Sohn Heinrich nicht zur Schule kann, gestern Nachmittag spielten die Sau Jungen Buren und Engländer und mein Junge war Engländer und kriegte wie gewöhnlich Dresche.

*

Sehr geehrter Herr Klassenlehrer ! Meine Tochter Frida konnte gestern nicht in die Schule gehen, denn sie lag krank im Bett und schwitzte hochachtungsvoll

Frau Kaminski

*

An den Rechenlehrer der Klasse 5 !

Indem das Sie meine Tochter Auguste eine gänzlich unschuldige Ohrfeige gegeben haben und dann noch an dem Kopfe verbiete ich Ihnen gans ergebenst. Das mich das nich noch mal vorkommt. Wenn Sie schon durchaus schlagen müssen sind genug andere Kinder da aber nicht meine Auguste.

*

An den sehr geehrten Herrn Lehrer !
Bitte gütigst zu entschuldigen. Das meine Tochter Emma ihre Hausaufgaben nich gemacht hat, indem wir auf eine Hochzeit waren und gestern erst heute zu hause gekommen sind.

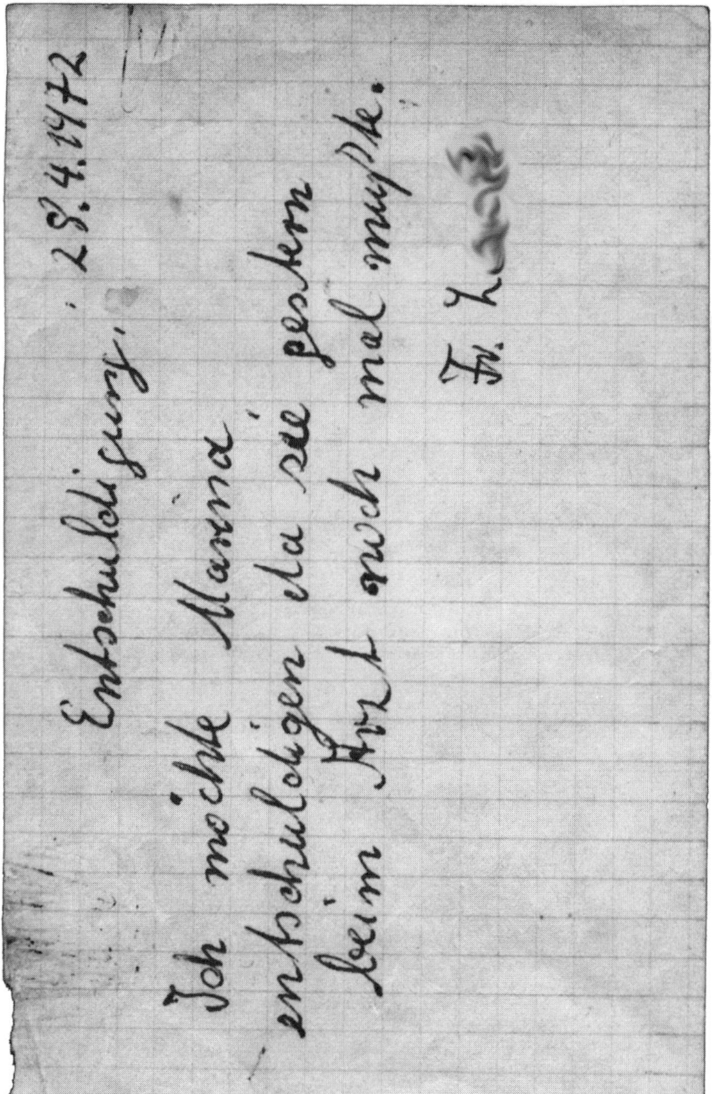
Entschuldigung: 28.4.1972

Ich möchte Marina entschuldigen da sie gestern beim Arzt noch mal mußte.

Fr. L

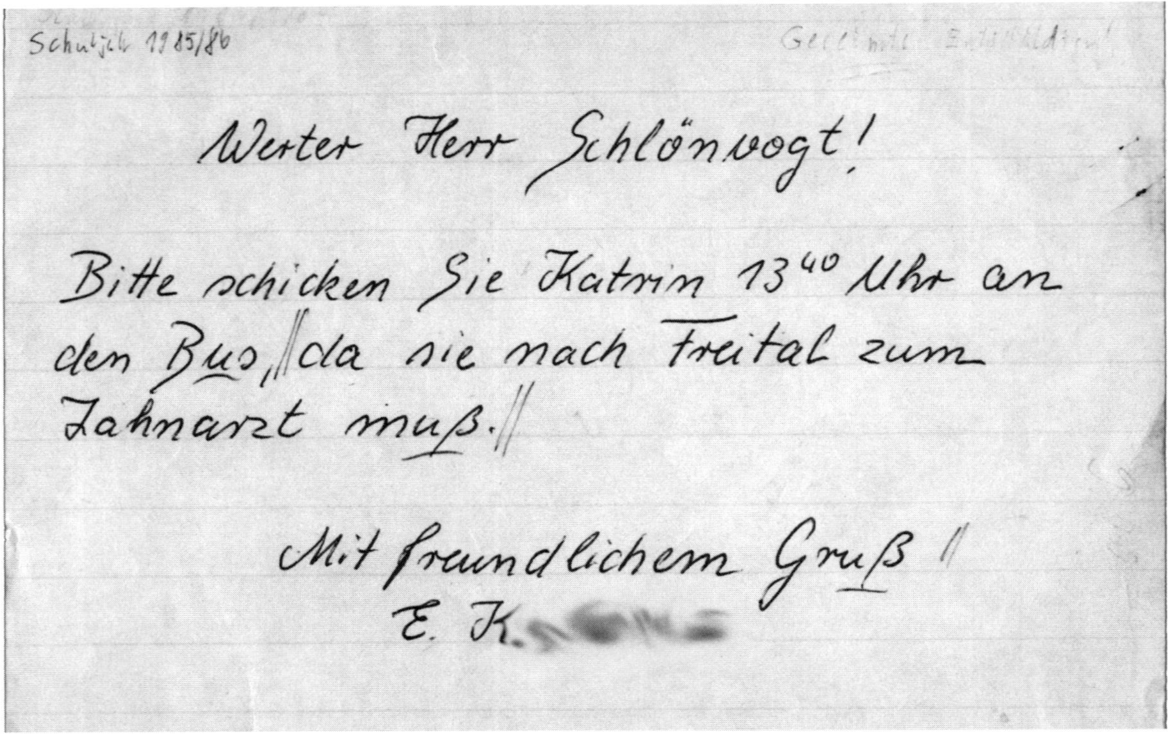

Schuljahr 1985/86

Werter Herr Schlönvogt!

Bitte schicken Sie Katrin 13⁴⁰ Uhr an den Bus, da sie nach Freital zum Zahnarzt muß.

Mit freundlichem Gruß!

E. K.

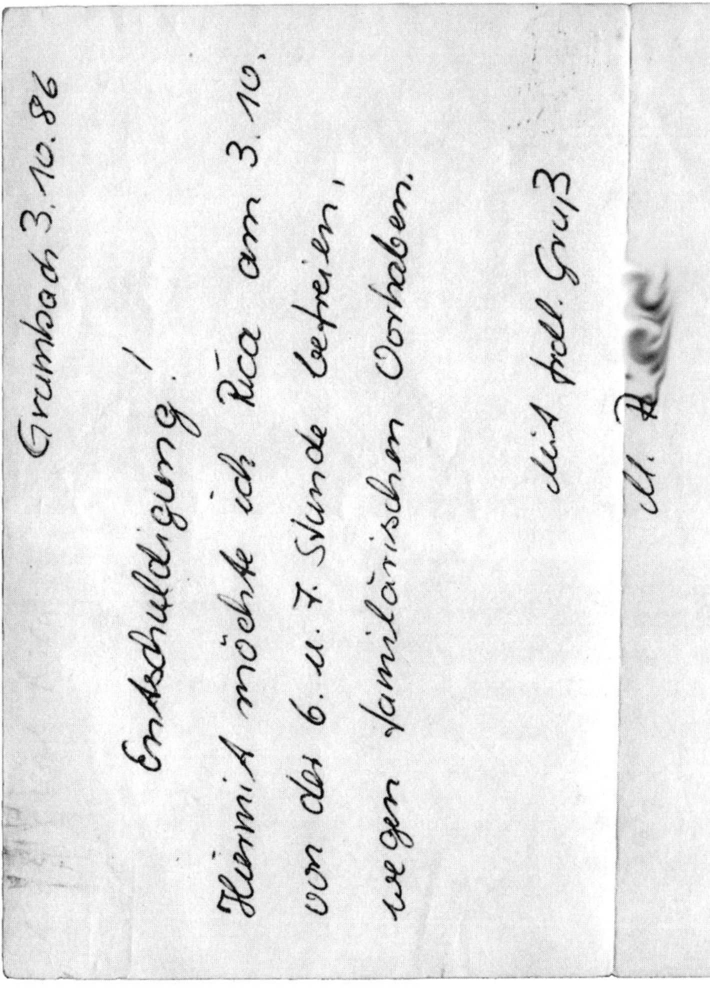
Grumbach 3.10.86

Entschuldigung!

Hiermit möchte ich Rica am 3.10.
von der 6. u. 7. Stunde befreien,
wegen familiärischem Vorhaben.

Mit frdl. Gruß

M. R

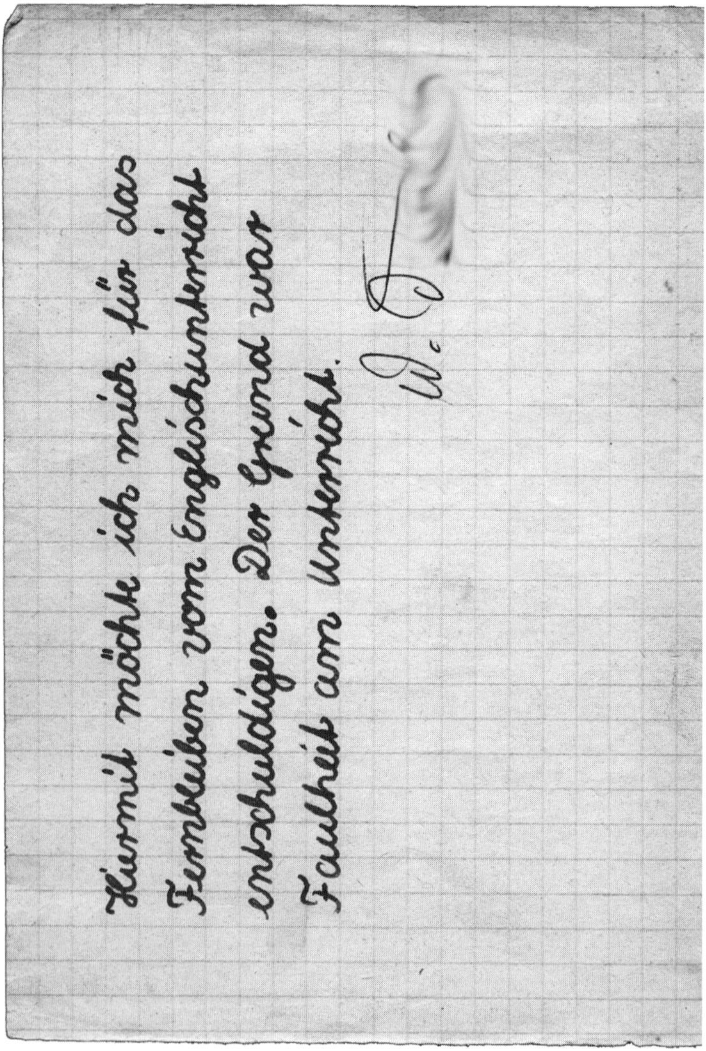
Hiermit möchte ich mich für das
Fernbleiben vom Englischunterricht
entschuldigen. Der Grund war
Faulheit am Unterricht.

Stellungnahme

Dise Unterrichtsstunde war vom Verhalten her sehr schlecht. Ich habe mich aber bemüht das in der Klasse Ruhe ist. Doch man beachtete mich nicht und so habe ich unwillig mitgemacht. Ich möchte mein Verhalten in Zukunft verbesbern.

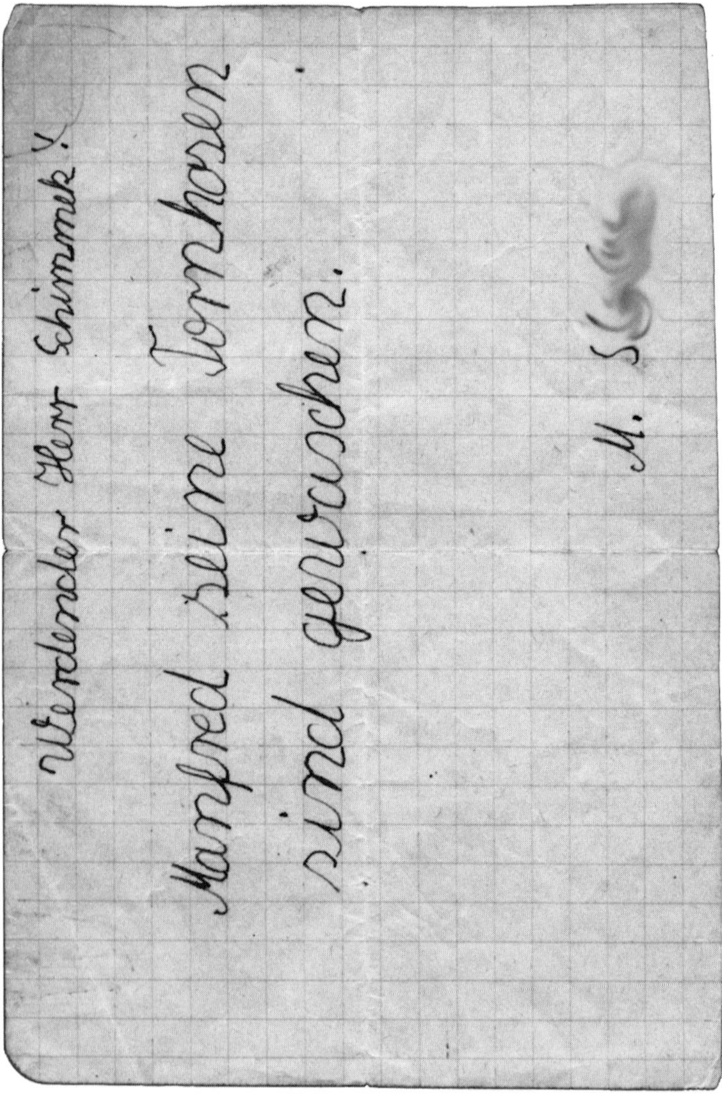
Werdender Herr Schimmek!
Manfred seine Tornhosen
sind gewaschen.
M. S.

„Schulzeit ade !“

Witziges und Satirisches aus Schulabschlusszeitungen

Eine reiche Fundgrube von Schulhumor stellten zu meiner Zeit auch die sogenannten „Schulabschlusszeitungen“ dar, die zum Vorlesen und zum Verteilen in den von vielen Klassen veranstalteten geselligen Abschlussfeiern gedacht waren. Schon Wochen vorher konstituierte sich zu diesem Zweck eine Art Redaktion, bestehend aus zumeist drei oder vier daran interessierten humorbegabten Schülern, die in gemeinsamer Arbeit eine solche Zeitung erstellten.

Inhalt waren kleine satirische Wortbeiträge, heitere Episoden aus dem Schulalltag der Klasse, humorig-kritische Einschätzungen von Klassenkameraden und Lehrern, gereimte und ungereimte Neckereien und Sticheleien sowie – fast immer – ein „Inseratenteil“. Diese Zeitungen im DIN A 4 – Format und oft mit originellen Karikaturen versehen, wurden vor der Wende mit Schreibmaschine getippt und dann mühevoll und mit viel Zeitaufwand mit Kohlepapier oder hektographisch vervielfältigt.

Nach dem Vorlesen in geselliger Runde wurden dann die Exemplare an jeden Mitschüler und an die in der Abschlussklasse unterrichtenden Lehrer verteilt, wobei es üblich war, dass jeder sein Autogramm in allen anderen Zeitungen hinterließ.

Was für den Kleingärtner der Mist,
das ist für den Schüler die Schule.

✶

Was ist das bloß für ein Land, in dem schon früh um 7 die Schule beginnt ?

Es nützt nichts, in ein anderes Land zu fliehen. - Schulen gibt es überall !

✶

Es gibt Tage, da lohnt es sich für einen Schüler nicht, das Bett am Morgen zu verlassen, z. B. von Montag bis Freitag.

✶

Alle reden über die Schule, aber keiner tut was dagegen.

✶

Ach, wäre ich in den letzten 10 Jahren kein Schüler, sondern ein Pilot gewesen... ! Dann wäre mir diese lange Zeit wie im Flug vergangen.

G. R.

✶

Antwort auf eine an Schüler der 10. Klasse gerichtete Anfrage: „Wie stellen Sie sich die ideale Schule vor ?“ Die kürzeste Antwort lautete: „Geschlossen.“

✶

Schule ist wie eine Klobrille: Man macht viel durch.

✶

Lieber eine „5“ in Russisch als überhaupt keine persönliche Note.

✶

Logische Beweisführung auf die Frage: „Soll man viel lernen ?“

Nein, denn:

Je mehr man lernt, um so mehr weiß man.

Je mehr man weiß, um so mehr vergißt man.

Je mehr man vergißt, um so weniger weiß man.

Je weniger man weiß, um so weniger vergißt man.

Je weniger man vergißt, um so mehr weiß man.

Also: Wozu viel lernen ?

✶

Schule ist Lernen.

Lernen ist Zeit.

Zeit ist Geld.

Geld ist Luxus.

Und Luxus kann sich ein Schüler nicht leisten.

✶

Man soll als Schüler den Tag nicht vor dem Elternabend loben.

✶

Mathematik sollte man auf dem Mond lernen ! Dort soll nach Auskunft unseres Astronomielehrers alles viel leichter sein.

Wer beim Diktat immer die gleichen Fehler macht, hat zumindest ein gutes Gedächtnis.

*

Hausaufgaben sind wie Geldschulden. Kaum hat man sie erledigt, kommen sofort wieder neue nach.

*

Unser Rat an die Schulleitung:

Während des Unterrichts sollten stets die Fenster geöffnet sein, weil es nachgewiesenermaßen sehr gesund ist, bei offenem Fenster zu schlafen.

*

Parodie auf Goethes „Wanderers Abendlied"

Über allen Bänken ist Ruh,

nur vom Lehrerpult her spürest du

gesprochenen Hauch.

Die Schüler schlafen und träumen von der Liebe im Walde.

Ich denk mir: Warte nur, balde

schlaf und träum ich auch.

E. S.

*

Man soll als Schüler den Tag nicht vor dem Unterrichtsschluß loben.

*

Was für den Stier in der Arena das rote Tuch,
das ist für uns Schüler das Klassenbuch.

*

Inserat:

Fast alle Jungs aus meiner Klasse möchten mit mir schlafen.
Aber ich bin nie müde.

Bettina

*

Es gibt Schüler, die betreiben als einzigen Sport das einarmige Heben in der Halbliterklasse.

*

Was ist der Unterschied zwischen der Schule und einem Knochen ?

Der Knochen ist für den Hund,
die Schule ist für die Katze.

*

„Heute haun wir auf die Pauker,
und wir machen durch bis morgen früh...“

*

Manche Lehrerinnen kommen nie in den Himmel,
denn Drachen dürfen nicht höher als 100 Meter steigen.

*

In unserer Schulzeit hatten wir mal

... einen Deutschlehrer, den wir nur „Diktator" nannten, weil er uns noch in der 10. Klasse ständig mit Diktaten traktierte.

... einen Mathematiklehrer, bei dem Montags früh so manche Unterrichtsstunde in die Brüche ging, weil bei ihm noch Hochprozentiges nachwirkte.

... einen Physiklehrer, der uns ständig mit physikalischen Größen triezte, obwohl er selbst keine physikalische Größe war.

... einen Chemielehrer, der stets stinksauer wurde, wenn wir die Formeln für Schwefelsäure und schwefliger Säure verwechselten.

... einen Astronomielehrer, der einmal nach einer Lehrertagsfeier sternhagelvoll nach Hause wankte.

... eine Musiklehrerin, die uns unhöflichen Schülern stets äußerst taktvoll den richtigen Ton beizubringen versuchte.

... einen Turnlehrer, der nichts auf dem Kasten hatte und auf nichts einen Bock.

... einen Englischlehrer, dem unser englisches Gestammel reichlich spanisch vorkam.

*

Am Vormittag haben die Lehrer recht,
am Nachmittag frei.

✶

Manche Lehrer werden am lautesten,
wenn sie „Ruhe“ brüllen.

✶

Lehrer sind unbestechlich. - Die meisten von ihnen nehmen nicht einmal Vernunft an.

✶

Was ist der Unterschied zwischen „kostenlos“ und „umsonst“ ?
Unsere Schulbildung war kostenlos, die mancher Lehrer umsonst.

✶

Lehrer, seid nett zu den Schülern !
Wir zahlen euch später die Rente.

✶

Viele Lehrer haben immer wieder versucht, uns klarzumachen, daß Ordnung das halbe Leben ist. Das konnte ihnen natürlich nicht gelingen, denn Schüler mögen keine Halbheiten.

✶

Schule ist manchmal ganz schön. Aber es geht dabei auch viel Freizeit verloren.

✶

Der Schulfunk meldet

Ab heute ist eine neue Schulordnung in Kraft:

§ 1 Der Direktor hat immer recht.
§ 2 Sollte einmal ausnahmsweise der Direktor nicht recht haben, tritt automatisch Paragraph 1 in Kraft.

✶

Am Montag fand eine FDJ-Schülerkonferenz zum Thema „Die Rolle der Bedeutung“ statt. Nach vorwärtsdrängenden Diskussionsbeiträgen wurde einstimmig beschlossen, die Rolle der Bedeutung in Zukunft entscheidend zu erhöhen. Auf der anschließenden Auswertung wurden keinerseits interessierende Fragen gestreift.

✶

Nach Aussagen einiger Lehrer soll die Betrugsversuchsquote bei schriftlichen Leistungskontrollen im letzten Halbjahr erheblich gesunken sein. Diese positive Bilanz – so wurde aus eingeweihten Schülerkreisen mitgeteilt – sei auf die Einführung extrem verbesserter, raffinierter Spickmethoden sowie auf die deutlich nachlassende Aufmerksamkeit des Lehrerkörpers zurückzuführen.

✶

Auf die an unsere Schulfunkredaktion gerichtete Frage eines Schülers der Klasse 10a, ob bei uns jeder Schüler werden kann, was er will, wiederholen wir noch einmal die offizielle Antwort des Ministeriums für Volksbildung:

Jawohl, in der DDR kann jeder werden, was er will, ob er will oder nicht.

Anfang voriger Woche wurde die Klasse 10b ultimativ aufgefordert, eine schriftliche Stellungnahme wegen ihrer schlechten Mitarbeit im Unterricht abzugeben. Die Klasse weist diesen völlig ungerechtfertigten Vorwurf ganz entschieden zurück. - Das Gegenteil ist der Fall, denn alle Schüler würden stets hundertprozentig im Unterricht mitmachen.

Die Beweisführung der Klasse im Wortlaut: Bei uns im Unterricht ist das so: Jeder macht, was er will. Keiner macht, was er soll. Und dabei machen alle mit !

*

Auf die Frage eines Schülers aus der 7a, wieviele Schüler in den 10. Klassen unserer Schule lernen, erhielt die Schulfunkredaktion aus schlecht unterrichteten Lehrerkreisen die optimistisch stimmende Antwort: Knapp 25 %.

*

Erkenntnis aus der letzten Lernkonferenz an unserer Schule: Würden manche Schüler die Zeit, die sie während des Unterrichts aufpassen, n i c h t aufpassen, und die Zeit, die sie während des Unterrichts nicht aufpassen, aufpassen, dann würden manche Schüler während des Unterrichts mehr aufpassen, als sie aufpassen.

*

Verbesserungs- und Neuerervorschlag unserer Klasse 9c an das Ministerium für Volksbildung !

Da der erste Schultag nach den Ferien allen Schülern nachweislich ganz besonders schwerfällt, sollte dieser Tag generell immer unterrichtsfrei sein.

*

Wir zitieren einen Diskussionsbeitrag aus der Lernkonferenz der 10. Klassen:

„Wenn im Unterricht die Schüler in den hinteren Bänken sich beim Skatspiel so still verhalten würden wie die Schüler in den mittleren Bänken, die sich Pornofotos angucken, dann könnten die Schüler in den vorderen Bänken ungestörter schlafen."

✶

Die AG Chemie hat unter Anleitung des Chemielehrers einen völlig neuen Kunststoff entwickelt, der auf der MMM (= *Messe der Meister von Morgen*) erstmalig vorgestellt und sicherlich weltweites Interesse finden wird. Es handelt sich dabei um einen Kunststoff, der sofort naß wird, wenn er mit Wasser in Berührung kommt. Diese sensationelle Neuentwicklung hat außerdem die Eigenschaft, daß dieser Kunststoff andererseits völlig trocken bleibt, solange er n i c h t mit Wasser in Berührung kommt.

✶

Unser beherzigenswerter Vorschlag in Bezug auf die Lernbereitschaft und den schulischen Fleiß:

Schwach anfangen, aber dann stark nachlassen !

✶

Unser täglicher Wetterbericht:

Den Vormittag über ist mit Niedergeschlagenheit sowie mit geistiger Umnachtung zu rechnen.

Nach der großen Essenpause werden wieder verstärkt laue Winde unser Schulgebäude durchwehen.

Ab 14 Uhr wird das Stimmungsbarometer wieder steigen, und zwar ein Promille in Bar.

Die weiteren Aussichten (nach Karl Marx):
Die Meteorologen haben das Wetter nur verschieden interpretiert.
Es kommt aber darauf an, es zu verändern.

*

Zum Schluß der Spruch des Tages:
So wie wir heute lernen, werden wir morgen arbeiten.

Do swidanja ! (*russ. „Auf Wiedersehen“*)

Humorlose Lehrerkollegen reagierten mitunter ziemlich allergisch, wenn ihre kleinen Schwächen in gereimter oder ungereimter Form aufs Korn genommen wurden. Ich jedenfalls habe immer mit sehr viel Vergnügen auch Kritisch-Satirisches zur Kenntnis genommen, habe diese Schulabschlusszeitungen sorgsam gesammelt, aufbewahrt und lese oft mit viel Freude darin.

Wer über sich selbst lachen kann,
wird am ehesten ernst genommen.

Anonymus

Ich lobe mir den heitern Mann
am meisten von meinen Gästen;
wer sich nicht selbst zum Besten halten kann,
ist ganz gewiß nicht einer von den Besten.

J. W. v. Goethe

„Wißt ihr noch, wie wir damals..."

Auf Klassentreffen erlebt

Launige Erinnerungen an die Schulzeit

Einladungen zu einem Klassentreffen nahm und nehme ich stets sehr gern entgegen, zeigen sie mir doch, dass meine ehemaligen Schüler Wert darauf legen, mich in ihrer geselligen Wiedersehensrunde in ihrer Mitte zu haben.

Treffpunkt nach zehn, zwanzig, dreißig oder mitunter auch erst nach vierzig oder fünfzig Jahren ist zumeist eine Gaststätte im Schulort oder der Vorplatz vor dem Schulgebäude. Nach und nach treffen die ehemaligen Klassenkameraden ein und versuchen – nach -zig Jahren mitunter erfolglos – sich wieder zu erkennen. Dabei gibt es oft sehr viel Spaß.

Einmal stand ich mitten zwischen meinen Schülern, als ein „Ehemaliger", der nach 30 Jahren zum ersten Mal an einem Klassentreffen teilnahm, auf mich zu kam, mir die Hand gab, mich prüfend ansah und dann sagte: „Also an dich kann ich mich beim besten Willen nicht mehr erinnern..." Als die Umstehenden lachten, meinte er: „Du warst wahrscheinlich in der Parallelklasse." Zum stillen Gaudium der anderen entgegnete ich: „Mensch, du musst mich doch kennen! Wir haben doch in der 5. Klasse auf einer Schulbank gesessen." - „So ... wirklich ??" Jetzt trieb ich die Veralberung auf die Spitze: „Erinnerst du dich tatsächlich nicht ?! Du hast doch in Russisch immer von mir abgeschrieben !" - Nach lautem Gelächter wurde der Verdutzte dann aufgeklärt.

Ein andermal – es war nach der „Wende" - stand ich vor unserem Schulgebäude in einem Kreis von ehemaligen Schülern, als ein würdiger Fünfziger sich zu unserer Runde gesellte, uns der Reihe nach die Hand gab und versuchte, sich an unsere Namen zu erinnern. Er hatte dabei große Schwierigkeiten, da er seinerzeit in den „Westen“ gegangen und dreißig Jahre lang keinem seiner Klassenkameraden wieder begegnet war.

Zu mir sagte er: „Mensch, wer bist du denn ?? - Bist du der Günther ?“ „Nee“, entgegnete ich, wobei sich die Umstehenden das Lachen kaum noch verkneifen konnten, „aber das ist mir klar, dass du dich nicht mehr an mich erinnern kannst. Ich bin nämlich in der 5. Klasse sitzengeblieben und dann nach Freital an die Hilfsschule gegangen.“ - „Ach so“, meinte der Gefoppte, „deswegen kommst du mir auch so fremd vor... Und was hast du dann nach der Hilfsschule gemacht ?“ - „Ich bin Lehrer geworden.“ - „Lehrer ???“ - Seine Klassenkameraden platzten beinahe vor Lachen. „Dieter, merkst du denn gar nicht, wie er dich auf die Schippe nimmt ?! Das ist doch Herr Schlönvogt, unser Lehrer !“ Das völlig verdutzte Gesicht von Dieter hätte man fotografieren sollen...

Er hat mir übrigens diese Veralberung nicht übel genommen.

Nachdem das gegenseitige Begrüßen vorbei ist, wird stets vor dem Schulportal das obligate Klassenfoto geschossen. Dann zieht man in eine Gaststätte, wo das eigentliche Klassentreffen seinen Lauf nimmt. Bei Speis und Trank wird eifrig geplaudert. Es werden Erinnerungen aus der Schulzeit ausgetauscht, alte Fotos von der Schuleinführung, der Konfirmation oder Jugendweihe, der Schulabschlussfeier, der Tanzstunde, früheren Klassentreffen und private Familienfotos ausgiebig betrachtet und kommentiert, sowie mitgebrachte Poesiealben durchgeblättert und heitere Begebenheiten erzählt...

„Wisst ihr noch, wie wir im Steinbruch hinter dem IFA-Fahrzeugwerk heimlich geraucht haben ?"

„Könnt ihr euch noch erinnern an den überaus strengen Hausmeister Josiger und wie wir Jungen ihn eines späten Abends durch lautes Johlen vor seinem Schlafzimmerfenster aus dem Schlaf geschreckt haben ?"

„... und an unsere Streiche oben auf dem Kirschberg ?"

„... und was wir mal abends im Stadtgraben angestellt haben ?"

Jede Klasse hat andere heitere Episoden auf Lager und gibt sie zum Besten.

„Erinnert ihr euch noch an den Schulappell auf dem Schulhof anlässlich des 10. Parteitages der SED Mitte April 1981, als die Sybille G. aus der 6. Klasse einen ihr vor dem Appell von der Pionierleiterin kurzfristig übergebenen gedruckten Zeitungsartikel vorlas und immerfort „x-[*ikster*]" Parteitag sagte, weil sie das römische Zahlenzeichen X für den Buchstaben X hielt. Was war das für ein Gegluckse in den oberen Klassen ! Sogar einige Lehrer konnten sich ein Schmunzeln nicht verkneifen, während der Direktor, der Parteisekretär und die Pionierleiterin etwas geschockt dreinguckten."

Selbstverständlich werden auch heitere Erinnerungen hervorgekramt, die diesen oder jenen Lehrer betreffen...

„Wisst ihr noch, wie der Lehrer Pagl bei uns mal eine Vertretungsstunde in Physik gehalten hat ? ‚Was ist Kraft ?' hat er gleich als erstes gefragt. Unser Musterschüler, der Hartmut, hat sich als erster gemeldet und die auswendig gelernte Definition aus dem Physiklehrbuch exakt heruntergebetet. Der Pagl, der mitunter ziemlich drastisch war, meinte: ‚Gut und schön. Das ist die wissenschaftlich-theoretische Erklärung, aber jetzt will ich euch das mal an einem praktischen Beispiel erklären. Also Kraft ist, wenn man einer Kuh so in den Hintern bläst, dass ihr am Kopf die krummen Hörner grade werden...' "

„Ach ja, der Pagl ! Er gab Unterricht in Mathematik und Sport. Einmal ließ er uns Jungen zu Beginn der Sportstunde einen ziemlich ausgiebigen Dauerlauf absolvieren. Da unser Laufen nicht seinen Erwartungen entsprach, schnauzte er uns an: ‚Ihr Bäckerburschen ! Euch werde ich schon noch die Hammelbeine langziehen !' "

„Ja ja, auch uns Mädchen gegenüber hatte er mitunter keine sehr feine Ausdrucksweise. In der Turnhalle herrschte er mal eine von uns, die etwas lässig in der Reihe stand, an: ‚Und du, steh mal ordentlich da und nicht wie 'ne Kuh, die Wasser lassen will... !' "

Auf einem Klassentreffen von Zehnklassenabsolventen erzählt Gisela eine Begebenheit mit einem anderen Lehrer.

„Könnt ihr euch noch an Herrn Maran erinnern ? Der gab bei uns Biologie. Sein Spezialgebiet war die Botanik, insbesondere die heimische Flora. In der 10. Klasse hatte ich eine Zeitlang eine kleine depressive Phase. Eines Tages war ich ganz besonders niedergeschlagen und mit mir selbst höchst unzufrieden. In der großen Pause stand ich am Fenster im Flur und weinte leise vor mich hin.

Herr Maran, der auf dem Gang Pausenaufsicht hatte, trat an mich heran und fragte teilnahmsvoll: ‚Na, Gisela, was ist denn los ?' - ‚Ach, Herr Maran', sagte ich schluchzend, ‚ich hab das Leben so satt. Das ist alles so öde, so uninteressant und langweilig...'

‚Aber Mädchen', meinte er, ‚wie kann denn das Leben langweilig und uninteressant sein, wo es doch allein schon in Deutschland über fünfhundert verschiedene Arten von Gräsern gibt ?' "

„Und dann hatten wir doch noch den Lehrer Jochmann. Könnt ihr euch entsinnen, der war im 4. Schuljahr unser Klassenlehrer. Im Frühsommer ging es auf einem Wandertag zum Landberg. Mit der Kleinbahn bis zum Bahnhof Herzogswalde, dann ein Stück durch das Dorf und dann die ziemlich steile Straße hoch zum Landberg. Die Junisonne brannte heiß. Auf der Hälfte des Weges ließ Jochmann halten und sagte: ‚So, und nun zeigt mir mal, was ihr bei mir in Heimatkunde gelernt habt. - In welche Himmelsrichtung laufen wir jetzt hoch zum Landberg ?' Siegfried rief prompt: ‚Nach Süden, Herr Jochmann !' - ‚Völlig richtig geantwortet ! Und wie hast du herausgekriegt, dass wir nach Süden laufen ?' - ‚Ja', erwiderte Siegfried, ‚weil's immer heißer wird, Herr Jochmann.' "

Gelegentlich werde ich bei Klassentreffen gebeten, eine heitere Begebenheit aus meinem Berufsleben zu erzählen. Ich gebe dann meistens ein Erlebnis zum Besten, wobei ich mich vor einem 10jährigen Schüler ziemlich blamiert habe:

Im September 1951 wurde ich junger Lehrer in Wilsdruff als Klassenleiter einer 5. Klasse eingesetzt. Da ich schon in den ersten Tagen mit dem Schüler Heinz einige erhebliche pädagogische Probleme hatte, meldete ich mich schriftlich zu einem Elternbesuch an. Ich erhielt auch über den Schüler die schriftliche Rückmeldung der Eltern, dass sie mich am späten Nachmittag des betreffenden Tages erwarteten. Als ich dann in die Rosenstraße einbog, wurde mir bewusst, dass ich mir die Hausnummer nicht fest genug eingeprägt hatte. Aber das stellte sich als kein Problem heraus, zumal ich den Heinz vor der Haustür sitzen und mit einer Katze spielen sah.

„Guten Tag, Heinz."

„Guten Tag, Herr Schlönvogt."

„Sind deine Eltern schon zu Hause ?"

„Ja."

Ich klopfte an die Haustür. Keine Reaktion.

Ich drückte auf den Klingelknopf. Die Glocke schrillte laut, aber niemand öffnete. Ich klingelte nochmals. Vergeblich.

Ich drückte auf die Türklinke. Verschlossen...

Nun wurde ich langsam ungeduldig.

„Du, sag mal, sind deine Eltern wirklich zu Hause ?"

„Ja."

„Bist du ganz sicher, dass sie daheim sind ?"

„Ja."

„Aber warum macht mir dann hier niemand auf ?"

„Weeß'sch ni..."

Nach einer kurzen Pause fragte Heinz:

„Sie wollen doch zu meinen Eltern, stimmt's ?"

„Natürlich !! Deswegen bin ich ja hier !!"

„Ja, da müssen Sie aber schon noch ein Haus weiter gehen. Wir wohnen doch nicht hier. Wir wohnen doch nebenan."

Jetzt erst bemerkte ich, dass auf dem Türklingelschild ein ganz anderer Name stand, indes Heinz mit spitzbübischem Lächeln fortfuhr, des Nachbars Katze zu kraulen.

Zu vorgerückter Stunde bei Bier und Wein steigt das Stimmungsbarometer zusehends. Es wird verstärkt gescherzt und geulkt.

Ein Fünfundsechzigjähriger meint: „Leute, lasst uns fröhlich sein ! Wir gehören noch lange nicht zum alten Eisen. Nein, wir sind keine ‚Altmetaller', sondern ‚Edelmetaller'. Silbernes Haar und goldene Zähne... "

Leistungskontrollen mit englischen Ulkvokabeln

Zuweilen kommt es in geselliger Runde auch vor, dass meine ehemaligen Englischschüler mich aus Jux einer „Vokabelkontrolle" unterziehen.

„Wir haben doch bei Ihnen gelernt, dass ‚Polizist' auf Englisch *policeman* heißt. Nun möchten wir von Ihnen wissen, ob Sie die umgangssprachlichen Bezeichnungen für einen ‚Polizisten im Streifendienst' und einen ‚Polizisten im Revierdienst' kennen."

Ich hatte diese Vokabeln nicht parat und musste zur allgemeinen Schadenfreude passen...
„Aber, Herr Schlönvogt, das ist doch ganz einfach, ein ‚Polizist im Streifendienst' ist ein *bull on tour*, und ein ‚Polizist im Revierdienst' ist ein *sitting bull.*

Ein zweiter „Prüfer" schaltete sich ein.

„Sie haben uns doch beigebracht, dass Tisch im Englischen *‚table'* heißt. Kennen Sie aber auch die Bezeichnung für Spezialtische, zum Beispiel einen Ausziehtisch ?"

Mir war inzwischen klar, dass es sich hierbei wiederum um eine Ulk-Vokabel handelt, aber ich musste mich erneut geschlagen geben.

„Wissen Sie nicht ? - Na, ganz einfach *striptease table.*"

Dann sollte ich einige Sätze vom Englischen ins Deutsche übersetzen. Zuerst wurde mir folgender Satz vorgelegt:

My go stop is over meadows.

Ich fand keinen Sinn in dieser Zusammenstellung englischer Wörter. Oder hätten Sie sofort dolmetschen können ? - Um nämlich zu einer sinnmachenden Übersetzung zu gelangen, muss man schon mal um drei Ecken denken und in Bezug auf Orthografie nicht kleinlich sein...

Die Übersetzung lautet nämlich:

„Mein Gehalt ist überwiesen." (Wörtlich: Mein geh Halt ist über Wiesen.)

Jetzt hatte ich die Art und Weise des Herangehens an solcherlei Ulksätze heraus, sodass mir die Übertragung der drei folgenden Sätze gelang. Sie werden sie sicher auch herauskriegen:

My dear Mister singing club.

You are heavy on wire.

That makes me nobody so quick after.

Der Abschluss der „Leistungskontrolle“ durch meine ehemaligen Schüler bildeten zwei mir schriftlich vorgelegte Sätze, die sich nur dann sinnvoll „entschlüsseln“ lassen, wenn man sie vor sich hin liest, sich dabei mal mehr, mal weniger auf die korrekte Aussprache konzentriert und die eigentliche Wortbedeutung völlig außer acht lässt.

Wall ten see labour odour blew`d worst ? - Nine, crowd wiggle !

By dear peep`ts wall ?!

Als meine „Examinatoren“ nach fünf Jahren bei ihrem Klassentreffen wieder in fröhlicher Runde beisammen saßen, habe ich den Spieß umgedreht und ihnen per Testbogen englische Ulksätze vorgelegt, die ich mir so nach und nach ausgedacht hatte.

This is a good go thanks.

You hurry much light right.

Host he here his ? - Nobody white it.

*

Air hut knee feel mood.

Cow fan sea buy mere !

Wall test do common ?

✶

Ass gate are less four rib air,

Ass gate are less four buy...

✶

N.B. Falls Sie mit dem einen oder anderen Satz nicht ganz klargekomen sein sollten, finden sie die Übersetzung auf Seite 137.

Ulkvokabeln aus diversen Fremdsprachen

Ich fand inzwischen so viel Gefallen an Ulk-Vokabeln, dass ich mir eine weitere - auch andere Fremdsprachen umfassende - diesbezügliche Sammlung angelegt habe, so eine Art „Multi"-Fremdsprachenwörterbuch. Gelegentlich erheitere ich nun auch damit meine ehemaligen Schüler beim geselligen Beisammensein.
Eine kleine Auswahl gefällig ?

Französisch

Zahnarzt	- monteur de la fress
Ohrfeige	- massage pour la visage
Striptease	- demontage de la corsage
untreuer Ehemann	- deserteur de la madame
ungewollte Vaterschaft	- malheur erotique

*

Spanisch

Pförtner	- torero
Geigenkasten	- Fidel Castro
schöne Lichtbilder	- buenos dias
Pleite	- Casablanca

*

Italienisch

Schnellkochtopf	- Garibaldi
Windjacke	- sakko forza
Prostituierte	- nutella
Kartoffelpuffer	- cartoflo di bordello

*

Russisch

Solidarität	- Soljanka
frische Brötchen	- Nowaja Semlja
geschälte Pellkartoffeln	- Kartoschka bjes (*ohne*) uniforma

*

Finnisch

Sonnenuntergang	- Helsinki

*

Schwedisch

Kondom	- Pippi Langstrumpf

*

Türkisch

Babywindel	- Gülle Hülle

✶

Arabisch

Kuhstall	- Mubarak

✶

Hebräisch

Eintopfgericht	- Tohuwabohu

✶

Chinesisch

Baum	- Tam
Wald	-Tamtamtamtamtam- tamtamtamtamtam
Taschendieb	- Lang Fing
Polizist	- Lang Fing Fang
Dienstpistole	- Lang Fing Fang Peng

Auflösungen von Seite 133

Mein lieber Herr Gesangsverein !

Du bist schwer auf Draht.

Das macht mir niemand so leicht nach.

Wollten Sie Leber oder Blutwurst ?

Nein, Krautwickel !

Bei dir piept's wohl ?

Dies ist ein guter Gedanke.

Du hast vielleicht recht.

Wird er hier sein ? - Niemand weiß es.

Er hat nie viel Mut.

Kaufen Sie bei mir !

Wolltest du kommen ?

Es geht alles vorüber,
Es geht alles vorbei...

Ausklang und Abschiednehmen

Ist die allgemeine Stimmung auf dem Höhepunkt, dann werden auch mal Lieder angestimmt – a capella und unisono – mit einer Begeisterung und Lautstärke, die sich wohl so mancher Musiklehrer seinerzeit im Unterricht gewünscht hätte. Hin und wieder erklingen zu meiner ganz besonderen Freude auch die Lieder, die die ehemaligen Schüler vor zig Jahren bei mir im Englischunterricht gelernt haben, wie „My bonnie is over the ocean" oder „Oh my darling Clementine".

Man plaudert angeregt zu zweit oder in Gruppen. „Sag mal, Helmut, du als Wessi bist ja heute seit vierzig Jahren zum ersten Mal bei unserem Klassentreffen dabei. Was war denn so dein erster Eindruck, als du uns nach so langer Zeit wiedergesehen hast ?" - „In einem Satz gesagt: Viel alte Gesichter und viel neue Zähne..."

„He, Dieter, du warst doch lange Zeit sehr krank. Wie geht es dir zur Zeit ?" - „Besser." - „Na, das ist doch gut." - „Ja, aber besser wäre es, wenn es mir wieder gut ginge." - „Dann wünsch ich dir – Gute Besserung !"

Zum Ausklang der Klassentreffen wird sehr oft das Lied gesungen: „So ein Tag, so wunderschön wie heute, so ein Tag, der sollte nie vergehn..."

Dann geht es an's Abschiednehmen. Wohnanschriften, Telefonnummern - und neuerdings – E-mail-Adressen werden ausgetauscht.

Langes Händeschütteln. Freundschaftliches Auf-die-Schulter-klopfen. Herzliche Umarmungen. Da und dort ein Küsschen in Ehren. Stimmengewirr.

„Lass mal wieder was von dir hören !"

„Ich ruf dich an. Ganz bestimmt."

„Ich besuch dich im Sommer. Ehrenwort."

„Lass dich nicht unterkriegen !"

„Halt die Ohren steif !"

„Mach's gut !" - „Mach's besser !"

„Tschüss."

„Bleiben Sie gesund, Herr Schlönvogt. Auf Wiedersehen in fünf Jahren !"

Und dann wird wieder

aus der Schule geplaudert...

Zur Erinnerung an das Klassentreffen 1990
Grad aus dem Wirthshaus komm' ich heraus, Wilsdruff wie wunderlich schaust du mir aus

„Die Schule des Lebens kann keiner schwänzen“
- Pädagogische Spruchweisheiten -

Die Schule des Lebens kann keiner schwänzen.

Heinrich Heine

Lernen ist wie Rudern gegen den Strom. Sobald man aufhört, treibt man zurück.

Chinesisches Sprichwort

Das Wissen ist ein Quell, der unversieglich quillt, den nie der Durst erschöpft und der den Durst nie stillt.

Friedrich Rückert

Die Wiederholung ist die Mutter des Lernens.

Russisches Sprichwort

Non scholae sed vitae discimus.

Nicht für die Schule, sondern für das Leben lernen wir.

Seneca

Knowledge itself is power. Wissen ist Macht.

Bacon

Bildung ist das, was übriggeblieben ist, von dem, was man mal gelernt, aber nicht vergessen hat.

Marquis de Halifax

Zweifel ist der Anfang der Weisheit.

Descartes

Wissen, was man weiß und wissen, was man nicht weiß, das ist wahres Wissen.

Konfuzius

Je weniger Ausbildung, desto mehr Einbildung.

Volksweisheit

Wissen ist ein Schatz, der seinen Besitzer überall hin begleitet.

Chinesische Weisheit